要了解中国，必须了解中国的农村；要了解中国的农村，请看——

我们村里那些事

曹传茂◎著

我便沿着这脚印寻访着，忠实地记述着，因村记事，缘事记人，如此这般。

在这里读懂中国农村

光明日报出版社

图书在版编目（CIP）数据

我们村里那些事 / 曹传茂著 . -- 北京：光明日报
出版社，2017.4
ISBN 978-7-5194-2831-0

Ⅰ．①我… Ⅱ．①曹… Ⅲ．①散文集－中国－当代
Ⅳ．① I267

中国版本图书馆 CIP 数据核字（2017）第 090060 号

我们村里那些事

著　　者：曹传茂

责任编辑：李　倩　　　责任校对：傅泉泽

封面设计：潇湘文化　　责任印制：曹　净

出版发行：光明日报出版社

地　　址：北京市东城区珠市口东大街 5 号，100062

电　　话：010-67078248（咨询），67078870（发行），67079571（邮购）

传　　真：010-67078227，67078255

网　　址：http://book.gmw.cn

E－mail：gmcbs@gmw.cn

法律顾问：北京德恒律师事务所龚柳方律师

印　　刷：广州市尚铭印刷有限公司

装　　订：东莞市比比印刷有限公司

本书如有破损、缺页、装订错误，请与本社联系调换

开　　本：787×1092　1/16

字　　数：160 千字　　　　　　　印　　张：11.25

版　　次：2017 年 5 月第 1 版　　印　　次：2017 年 5 月第 1 次印刷

书　　号：ISBN 978-7-5194-2831-0

定　　价：48.00 元

先说两句

当我写下这个题目时，我便想起了一件往事。那是 20 世纪 50 年代初，《人民日报》有个图片新闻，报道毛泽东主席在北京接见徐建春等一批回乡知识青年。徐建春趁着给毛主席点烟的当儿，说："中央会议精神，主席给我们讲两句吧。"毛主席说："两句？我不是讲了八句了吗？"引得大家开怀大笑。

我这里先要说的"两句"是：在中国共产党执政的历史上，有一个时期，全国掀起了讲家史、村史的热潮，使得我这个农村出身的文科学子产生了一个念头——写一部村史。后来，由于种种原因，这设想中的村史便给撂下了。

到 20 世纪 90 年代初，我调到一个新单位工作，那里有份《农民日报》，报上有个《农村致富文摘》的专栏，一看，便触动了我的这根神经。当年的村史写不成，如今何不写个"农村致富史"？于是，它"摘"我也"摘"，几年下来，便满满的摘录了几个本子。

这就需要一个"机遇"。不然，这"摘录"依然是"摘录"。这个"机遇"终于来了，虽说是迟了点儿，这就是待我办理了退休手续之后。

退休的最大优越性，就是可以支配时间。向原单位要了一份介绍信，再向亲朋好友筹借了点资斧。万事俱备了，我便开始了《我们村里那些事》的写作历程。

中国的农村，历史悠久，源远流长。而中国农村的"致富史"，可就不怎么长，不过是近二十年的事。

诚然，自从"中国人民站起来了"之后，中国农村已经具备了致富的条件，因为经过"农业社会主义改造"的中国广大农村，生产力获得了前所未有的解放，农业经济大发展，农民生活大为改善。可以说，这时候，中国农民有饭吃、有衣穿了。但是，由于基础差，底子薄，中国的工业建设又有赖于农业的支持，因而，尚未能够解决温饱问题。有两个时期，因了政策上的失误，还出现过三年饥馑与十年动乱，这对中国农村的发展产生了极其不良的影响。总的来说，从全国解放直至十一届三中全会前夕，中国农民处于一个"饿着肚皮喊万岁、勒紧裤带拼命干"的时期。

十一届三中全会之后，情况全然不同了。在"以经济建设为中心"的既改革又开放的大背景下，党中央不失时机地肯定了农民群众的首创精神，在全国推行"家庭联产承包责任制"，大大激活了广大农民的生产积极性。中共十二大提出了二十年（从1981－2000年）"分两步走"的奋斗目标，即邓小平说的"前十年打好基础，后十年高速发展"。在农村，第一步用不了十年时间就达到目的——"打好基础"，解决了温饱问题。在生与死之间苦苦挣扎了几千年的中国农民，终于破天荒头一回得到了饱暖——这可是一座历史的丰碑！

第二步"后十年"的"高速发展"期，中国农业面临更多的挑战与机遇，经受更多的挫折与辉煌。由于"前十年"出现过"卖粮难""卖棉难"等情形，广大农民在各级党委和政府的指引下，以市场为导向，以科技为依托，不断进行着农业产业结构调整，农村的各项改革也因此不断深化。从而引发了一系列的农业转化：相对单一的农业向多样性农业转化；"吃、穿"农业向赚钱农业转化；"苦力"农业向智力农业转化；耗费资源型农业向生态农业转化……一句话，养活九亿农民的传统农业向养好九亿农民的现代农业转化。加上国家"八七扶贫攻坚计划"的实施，中国农村贫困人口占农村总人口的比重从1978年的30.7%降为2000年的3%左右。农村生活同全国一样，从整体上逐步达到小康水平。

主要农产品不仅供求平衡，还出现了阶段性过剩——这可是一个历史性的跨越！

在广大农民兄弟奔康致富的路上，留下了一行行闪光的脚印，演绎出一串串老百姓自己的故事。我便沿着这脚印寻访着，忠实地记述着，因村记事，缘事记人，如此这般。——这便是《我们村里那些事》的成因。

但是，由于水平所限，存在问题一定不少，我期盼着广大读者尤其是农村读者批评指正。

曹传茂

二〇〇二年春

CONTENTS

谢建村

【导读】 在承包荒山种荔枝的活动中，村里冒出了个敢吃螃蟹的人。你想知道他的故事吗？

近日来，我心里总不时涌起一股冲动：采访谢建村。

谢建村是廉江市吉水镇的一个自然村，村子不大，距离廉城也不远，才那么二三公里地。我从"路边社"获悉，谢建村有两件事值得一提：一件是在"农业学大寨"期间建起了半拉子"社会主义新农村"；一件是在"改革、开放"后变成了颇有名气的荔枝专业村。据说，因了这荔枝，有的人已经发得"唔清唔楚"了。

正是这"唔清唔楚"，让我产生一种神秘感；也正是这种"神秘感"，引领我走进了谢建村。

先说说"建新村"这事儿吧。

有了点儿年纪的人也许会记得，中央曾在大寨召开一个全国县委书记会议。会后，中共廉江县委会依据上面的要求，选定谢建村为点，建设一个"社会主义新农村"。这"新"，就"新"在有街道、有楼房，外表上像个"城市"模样。计划每户一个单元楼。其结构是：底层一房一厅一厨房及一楼梯间，外加一个小天井（含卫生间）；二层省去了厨房，变成了二房一厅。总面积达 126 平方米。

和城市相比对，农村建房子的优势是，地皮不用花钱。加上这是"学大寨"，要自力更生——大干、苦干加巧干，尽最大限度降低楼房的造价。为此，谢建村生产队组成了两个作业组，一个组打砖、烧砖；一个组倒预制件，兼之砌墙、盖顶。上级派来了个建筑师傅，带上图纸义务作指导。其余社员做"小工"。大家伙齐心协力建"新村"。

不过，话又得说回来，无论是城市或乡村，在人的一生中，建房子毕竟是一项最大的消费。俗语说，建一年新屋，喝三年稀粥。"新村"的楼房造价再低，也得花好大一笔钱的。譬如烧砖，要用煤，这煤是要花钱买的；又譬如倒预制件，需要钢筋、水泥，这都得花钱的。要把一个"村"建起来，该要多大一笔钱啊！对于一个小小的谢建村生产队，这么一大笔钱，从何而来？

——从养红萍中来。

红萍，是浮萍的一种，繁殖能力强，可作绿肥。在一块水田的田角里，放下一把萍种，养不几天，便发的满田皆是。这满田的红萍，可以留在田里就地作绿肥，也可以捞起作萍种，放到别的田里继续繁殖。这是谢建村大学毛主席著作时，由湛江专区派出的学毛著工作组从外地引进的玩意儿，说是上好的绿肥，可以提高粮食产量，在"以粮为纲"的年代，自然备受青睐。不用说，廉江县委对此极为重视，号召全县各生产队向谢建村购买萍种，发展粮食生产。谢建村因此有了一笔可观的收入。县委选择谢建村为点建"新村"，不仅看重它的"大寨精神"，还考虑到这么点儿经济收入的。

谢建村的"社会主义新农村"于1976年开始动工兴建，至1981年底，已经建起了30个单元楼，分别排列于四条笔直的街道旁边。也就是说，已经有30户人家住进了新村楼房。1982年"分田到户"，"建新村"工程告停。还有40多户人家没有能住上新楼房，意见甚大。幸好原生产队剩下一笔钱，给他们作了些补贴，求得大体上的平衡，这才算完事。

且不说"农业学大寨"之是非曲直，且不要见笑眼前只有半拉子"社会主义新农村"，世世代代没有住过楼房的谢建村民，有30户人家能够住进新楼房，总不失为一件好事吧。

这回该说说谢建村"大种荔枝"这事儿了。

我听了村长的总体介绍，便想找个把荔枝大户谈谈的。然而出乎意料的是，以吕维海为代表的近20个荔枝大户都已经住进城里了，在村里是找不到他们的。原来他们种荔枝赚了钱，便到廉城买地建起单家独院的楼房，早已成了我的"芳邻"，我竟一点不知道！你们看，我就这么糊里糊涂地犯了一个脱离实际、脱离群众的错误了。

记得 20 世纪 60 年代初，我还在大学里念书的时候，党号召我们这些大学生放下架子，深入下层，进村入户"访贫问苦"，好生"接受再教育"。时至今日——21 世纪之初，我仍然自觉地放下架子，依照老皇历深入下层，进村入户"访富问甜"去，不想竟然扑了个空。从"访贫问苦"到"访富问甜"，二者之间的反差也够大的了，想不到短短几十年间，事情会发生如此之大的变化！而更为奇特的是，这反差极大的两码子事，竟都成了同一个人的亲身经历。过去与现在，痛苦与甜蜜，贫穷与富裕，在我内心深处引起碰撞，产生了激昂的旋律，从而发出了不胜今昔的世纪慨叹。

太阳好像要从西边升起了，因为我必须"走回头路"——回城里寻找我的采访对象去了。

凭着村长给的地址，我找到了吕维海的家。

我首先注意的，自然是吕的私邸大宅。这是坐落在 30 米大街上的一栋五层高楼房，占地面积二三百平方米。内外装修颇具档次，大厅摆放着的沙发，俗称"肥佬椅"，其质地及式样亦颇为入时。如此住宅，当然远不是"社会主义新农村"的单元楼能够望其项背的。在城里建房子与农村不同，要花好大一笔钱购买地皮，尤其是房产主人的户口不在城内，要买的"高价地皮"。我心想，在 30 米大街上买了这么一大块"高价地皮"，建起这么一栋高楼大宅，这得花好几十万吧。

其次，我注意打量着吕维海本人。他，中等个儿，国字脸，身材匀称而壮实，皮肤白净，举止文雅。我不禁想，难道他进城换了个清闲工作了？因怕影响了正题，便忍着，没有发问。

宾主坐定，谈话进入正题。吕维海给我讲了谢建村发展荔枝业的情况。

原来，就在谢建村养红萍期间，廉江县农业局一茬接着一茬地派一名农业技术员长驻谢建村，指导养红萍。第三茬派出的技术员是个女的，名叫李慕娴。谢建村的荔枝业便是她一手办起的。

这李慕娴是哪一路神仙？她是华南农业大学园艺系果树专业 1967 届毕业生，是华农大副校长、园艺系主任李沛文（共和国首任副主席李济深之子）的高足。她经过惠州潼湖军垦农场的一番磨炼，于 1970 年 4 月被分配到廉江县农业局工作。同年 8 月，鄙人我亦从洞庭湖军垦农场回了原籍，跟她虽不同单位，但是两人同在一个县里工作，从广义上说，也算得上"同事"了。我为此感到不胜光荣之至。

在驻队期间，李慕娴发现谢建村的山地不少，土质好，极宜于种植荔枝，自己学的正是果树专业，便想一试身手，为谢建村人造点儿福祉。她征得了谢建生产队的同意，亲自前往广州郊区买回 800 株优质荔枝种苗妃子笑、糯米糍，等等，种在谢建村的乌泥岭上，占地约 45 亩。初期长势良好。但是，打从李慕娴调往广州从化工作后，由于没有技术，不懂管理，这个荔枝园便处在自生自灭的危险状态之中。

到 1982 年"分田到户"时，这荔枝园的承包问题便凸显了出来。由于不懂技术，人们不敢贸然承包，即使承包费一降再降，仍无人敢接手。最后还是吕维海等 4 人下决心吃螃蟹，承包了乌泥岭荔枝园。年承包费 1200 元，亩均不足 30 元。

说实在的，吕维海敢于牵头承包荔枝园，就因为他身后有个李慕娴。

吕维海于 1973 年高中毕业。当时，高考招生制度已被取消，他失去了升学深造的机会，回到本村生产队当了个技术助理员，跟随李慕娴边干边学习。生产队没有食堂，驻队的李慕娴要自己开伙，生活上诸多不便。吕维海便经常鞍前马后的为她服务一番，想方设法让她吃上一口舒服饭，喝上一口充满暖意的热开水。要是碰上节日或假日，吕维海进城闲逛，李慕娴便让他到自己家里美美地吃上一顿，以示回报。如此一来二往，年深日久，他们俩便成了好朋友，好师徒。李慕娴调走时，吕维海还赶来帮忙搬家兼送行呢。有了这么个懂技术的好朋友做靠山，他吕维海就敢吃螃蟹了。

说起来也真够神！经过李慕娴的几番侍弄，奇迹出现了，乌泥岭上的荔枝生长茂盛，年年获得好收成，经济收入连年飙升，数目惊人！例如 1988 年，四个荔枝承包户每户收入都在 10 万元以上！

10万元，对农民来说，可是个天文数字，就连做梦也不敢想的。要知道，中国农民一向缺的正是钱。因了这势利的钱，有的人不知受了多少困苦，遭了多少磨难。记得小时候，我们村子里有的农户连买一盒火柴的2分钱也没有，要拿着一小把柴火到隔离邻舍引火回家烧饭。可是，这么一笔10万元的巨款，如今竟然真真实实地钻进了几个普通百姓的腰包。正如一首古诗上说的："旧时王谢堂前燕，飞入寻常百姓家。"

人们不禁要问，这当中的奥秘何在？

要讲清楚这奥秘，不免要打点儿"官腔"了。这有两个方面的因素在起作用。一方面，内因起了决定作用。原来荔枝有个很棘手的问题：如果冬季来了梢，次年开春便不会来花、挂果；如果冬天能够严加控制，不让来梢，次年春定会满树开花，果实累累的。民间说的荔枝"大小年"，即由此而来。改革开放之后，李慕娴的老师李沛文教授就带领一个小组在研究这一课题。李慕娴拜读了他们的论文，大胆尝试，勇敢实践，几经周折，终于研制出了"荔枝控梢促花素"。乌泥岭上的荔枝不挂果，正好对症下药，派上了用场。

另一方面，外因起了重要作用。在从化与谢建之间，相隔一千多华里。那时只有"单休日"，还没有今天的"双休日"，而且纪律严明，上班不能迟到，下班不能早退。幸好赶上改革开放，不少个体客运应运而生，不单有日班长途，还加开了个夜班长途。李慕娴星期六下午下了班，在从化乘公共汽车出广州，赶坐广州——廉江的夜班大巴，次日（星期日）一早抵廉江，骑上一位朋友的单车赶到乌泥岭上开展工作。当天晚上又乘坐廉江——广州的夜班大巴，于星期一一早抵广州，接着乘坐公共巴士赶回单位依时上早班。李慕娴是托了改革开放之福，拜了交通方便之赐，这才克服了千里之遥，做到上班与管荔枝两不误的。也由此可以看出，有了"改革开放"这个大环境，以上的内因、外因才能够起作用。

榜样的力量是巨大的。在乌泥岭的"奇迹"鼓舞下，1989年，谢建村掀起了第一次承包荒山种荔枝的热潮，每亩承包费30元。其中吕维海再包了12亩荒山，扩建了一个新的荔枝园。

从1991年到1996年，荔枝销路一直看好，优质鲜荔妃子笑最高价卖到15元／斤；糯米糍最高价卖到30元／斤。在市场的作用下，谢建村人抢包荒山的热潮一浪高过一浪，土地承包费直线攀升，每亩年承包费由几十元涨到百几元以至几百元，最高高达700元／亩！本村的500亩荒山承包完了，有人便到别的村子去搞承包。风风火火几年间，谢建村漫山遍野都是郁郁葱葱的荔枝林，村人的腰包也跟着鼓了起来。就说吕维海吧，1998年，他的新、老两个荔枝园共摘鲜果7万斤，每斤平均价4元，得款28万元。

还有一个问题：我已经了解到了，吕维海进城后并没有变换工种。廉城距离谢建村并不远，就那么二三公里地，平时开摩托车回去管荔枝，也挺方便的。即说，他吕维海虽然进了城，仍然是个农民，不过已不是一般意义上的农民了。他在城里受了先进文化的熏陶，所吸纳的科技和人文的信息量，比农村多得多，从他口中说出的话儿也就特别有"味儿"了。你听，临别时，他就甩给我这么一句话：

"科学技术是第一生产力。——这在谢建村已经得到了验证，从养红萍到种荔枝，充分说明了这一点。"

大塘边村

【导读】『分』面值的货币早已消失，但是，村里有个人为了实现『三分钱一只鸡蛋』而奋斗的故事，至今尚未消失。

村里出了个当官的，当官当到自己家门口，退休之后，仍在自己家里度晚年。从当官到退休，一直不出村。他便是原中共吉水镇委副书记、大塘边村原住民钟居平。

一

钟居平，男，吉水镇大塘边村人，1937年生，兄弟四人中，他排行老四，是个"晚仔"。1960年考上华中农学院，就读于园艺系果蔬专业。毕业后分配到贵州省平坝县农业局工作，1974年调回家乡廉江县农口，为一般行政干部。

我们在行政上有这么一套工作方法：要办一件事了，先找个地方搞试点，取得了好的经验后，让大家前来参观、学习，开个现场会，要求大家伙回去推广。这件事就这样给全面铺开了。这便是中国共产党有名的"以点带面"的工作方法。只是这个负责"搞点"的人得有两下子，要能够"搞"出点儿名堂来。钟居平是个本科生，是专业人才，在领导者们的眼中，他便成了"搞点"的重量级人选。不过，人家负责搞的点都很具体、明了，诸如学习毛主席著作的点啦，推广良种的点啦……而他钟居平负责搞的点则比较抽象，有点儿不着边际似的。

1977年的某一天，县委书记找他谈话来了。书记说，你钟居平是吉水公社人，就着你回吉水搞点，要把吉水公社的鸡蛋搞到3分钱一只，回复到1956年前的价格，那才算成功，那时你才可以调回县城里来。

这离奇古怪的"3分钱鸡蛋"的点，该如何搞好？

钟居平想，中国仍是个农业国，吉水公社自然是个农业社，他自己正是个学农的，只要把农业搞上去，物质丰富了，这鸡蛋的价格自然会降下来的。

钟居平就按照这个思路"搞"去。

可是，他万万没有料到，其结果恰恰相反。农民的生活改善了，他们的购买力也跟着提高，这鸡蛋的价格便一路高歌——只有升，没有降的。

看来，这"3分钱鸡蛋"的日子一去不复返了，作为一个时代，它已经成为历史，成为上一辈人怀旧时的美好回忆。

也不知是不是这原因，钟居平一直没回县城去了。1980年，他从县农口调入吉水公社，1981年出任吉水公社管委会副主任，相当于现今的副镇长。公社改镇后，任中共吉水镇委副书记直至退休。镇委、镇政府大楼就在大塘边村口。有人说，钟居平做官做到自己家门口来了。

必须点明的是，这上头说的，都是后话。

二

钟居平奉命回乡"搞点"来了，肩负着实现"3分钱一只鸡蛋"的重任。

那是一个令人难以忘怀的年代。不单是鸡蛋，所有农副产品都极其便宜，市场繁荣，物美而价廉。在学校和政府机关食堂里，一个人的月伙食费花上8元钱，便是顿顿鱼肉。那时候的工薪一族，真可以经常地、长年地大饱口福，尽情地享受着时代赐给他们的恩惠。尤其难能的是，民风淳朴，夜不闭户，路不拾遗，多好一个清平世界。在新生共和国的历史上，人们最怀念、最留恋的，便是1956年那美好时光了。可是，后来，也不知咋的，碰上了个"三年困难"时期，物质奇缺，物价暴涨。这"3分钱鸡蛋"便远离我们而去……如今要恢复这个物价，到底能不能够做得到？他钟居平心里也没个准儿，既然领了任务，只管努力就是。

为此，钟居平就把生他养他的大塘边村作为点，并将该村当麻雀解剖一番。

多少年来，大塘边村种了早稻种晚稻，收了晚稻搞冬种，冬种作物主要是番薯。次年，又是新一轮的"稻——稻——薯"。年年如此，世代不变，品种单一，结构单纯。在这些产品中，比较值钱的是稻谷。生产队的所有开销都只靠变卖稻谷应付：地里要施肥了——靠稻谷；庄稼要杀虫了——靠稻谷……甚至一根牛绳要更换了，也只能靠变卖稻谷解决。如是，水稻单产再高，大塘边生产队也只能是个穷队。打从初级农业社起，直到后来的生产队，大塘边村就只分物不分钱，因为压根无钱可分。就那么有限的一点儿稻谷钱，全都用作生产成本去了，还嫌资金不足呢。社员们说："吃饭靠集体，花钱靠自己。"家里要油盐酱醋了，要点灯照个明了，子女要上学了，逢年过节要穿衣踏袜了……都得靠家里养猪活狗卖钱解决。大塘边村这种经济状况，吉水公社比比皆是，除了谢建村养红萍有点儿收入外，其余生产队大都是"高产穷队"。

根据以上实情，钟居平认为要种点经济作物，譬如香蕉、荔枝什么的。

他为什么会提到香蕉呢？原来事情是这样的。

1962 年，钟居平尚在华中农学院念大三时，大塘边村有个人在村头挖土填屋地，挖出了一个大坑。钟居平的二哥顺手在这坑上种下几棵香蕉。有一次，二哥到廉江火车站做搬运，碰巧搬的是磷肥。搬运完毕，二哥"打扫战场"，扫得一小包磷肥，就给这窝香蕉施下去。这下可不得了，香蕉长得出奇的好。二哥就靠这一窝香蕉卖钱给最末一位堂弟娶了一房媳妇。

这事大概与钟居平的专业有关，他印象非常深刻。眼下重任在身，他便自然而然地想到了种香蕉的。

钟居平开始动作了。他开了小会开大会，征得大家的同意，把大塘边生产队分成三个作业组，建议每组在田里试种 2 亩香蕉，在山上试种 2 亩荔枝。钟居平如此小心翼翼，是因为当时路线斗争仍很严峻，在"以粮为纲"的前提下，就只能够小面积"试种"。

作业组行动真快，有的组已经办了田，准备种香蕉；有的组上山挖坑，准备种荔枝。就在这时，有个人站出来反对，事情就全泡汤了。

反对者是生产队的财会人员，是队里的实权人物，连生产队长也得让他几分。生产队的分配有个规定：如果是现金，则100%按工分分配，多劳多得；如果是实物如粮食等，则按"三七开"处理，30%按工分分配，70%按人口分配。这位"财神"家里人口多，劳动力少，挣的工分不多，分实物当然对他有利。而发展香蕉、荔枝，日后都是现金收入，自己所得不多，而看着人家拿大钱心里就不舒服。于是，他气冲冲跑到山上，对着那一组挖坑的社员说："快别挖了！我不会给你们记工分的！"

工分是社员们的命根子。抓住了工分，等于卡住了人的脖子，他便可以发号施令。你钟居平是大学生，是国家干部，又是上头派下来的"钦差大臣"，那又怎么着？在生产队里，还是实权人物"话事"的。"强龙扭不过地头蛇"嘛。

不过，有一股潜在的"回天之力"，是连他钟居平在内谁也意想不到的，即在"分作业组"与"分田到户"之间，二者就只差那么一步子。1979年初，也不知咋的，大塘边村三个作业组便一个接着一个地把田分到户去。跟着，乡间冒出一个"传闻"，说这是钟居平干的好事，闹得满城风雨，沸沸扬扬的。唉！谁叫你是"钦差大臣"？树大招风。幸而这是个美丽的"谣传"，钟居平只一笑置之。

大塘边村迈出的历史性一步，即后来中央肯定的"家庭联产承包责任制"，把工分这劳什子送进了历史博物馆。农民从此获得了真正的自主权，做了土地的主人。自己的责任田，想种什么种什么，谁也左右不了了。在钟居平的策划下，大塘边村有40户人家当年就种了香蕉，每户平均一亩。钟居平的父亲是其中一户，种了香蕉0.72亩。

钟居平是"晚仔"。依照中国的传统，高堂大尊主要靠的长子赡养。但是，他认为自己是"双职工"家庭，生活上总比几位当农民的兄长要好，便一直同父母亲一起过，以尽一番孝义。如今尊翁仍健在，他也分得一份责任田，面积0.72亩。按人口计算已经超标，但是好端端一块田，也不好把超出部分割去，便整块的分给了他。钟居平替父亲种上了香蕉。

香蕉是一年生作物，当年可见效益。是年底，大塘边村的香蕉户都得到一笔可观的收入，其中钟居平的父亲卖香蕉得款1600元。

1600元！这是一个不小的数字。比一比吧，这0.72亩田种水稻，就算一年两造共收获稻谷1000斤，按当时的价格每100斤稻谷17元，也不过得款170元。如是，种一年香蕉顶得上种10年水稻！

这个"一年顶十年"的对比一经传出，整个吉水公社都"炸"开了。俗语说，不怕不识货，就怕货比货。"一年顶十年"？也太不可思议了吧！中国农民在自己的土地上奋斗经年，艰苦付出，耗时费力，什么时候有过如此丰厚的回报？大塘边村人脚下这片饱受历史沧桑的贫瘠土地，什么时候有过这般迅猛的升值？这"一年顶十年"，便成了当时最能够撞击人心、撞击时代的信息。而更值得庆幸的是，这"一年顶十年"，是从市场上获取的高额红利，不仅能够大大激发农民的生产积极性，还能够逐渐地转变他们原有的"日出而作，日入而息"的传统观念，从而开拓出一种更为高效的新的发展模式。在"一年顶十年"的利益驱动下，吉水公社很快掀起了大种香蕉的热潮。大塘边村很快成了面向市场的香蕉专业村。钟居平"点"上的工作总算打开了个局面，并且显示出大有奔头的前景来。

三

大塘边村的下一步工作，便是如何发展荔枝生产的事了。

大塘边村当年虽则挖了些荔枝坑，而种荔枝的事却被搁置了好些年。个中原因，钟居平认为有以下几点。一是因为香蕉获得成功，大伙儿的注意力全都放在香蕉这上头，无心旁及其他；二是种荔枝的技术含量高，投资周期长，不像种香蕉那样"吹糠见米"，而相邻的谢建村的荔枝又一直不见起色；三是他钟居平已调入吉水公社工作，旋即担任领导职务，工作上千头万绪，不比当"钦差"、搞试点时的单纯。不说别的，光香蕉一事就够忙的了。

历史上，我们共产党人做事曾有过"头脑发热""一哄而起"的现象。吉水公社发展香蕉生产同样有过类似的情形。才那么几年时间，吉水镇（公社已改镇）的香蕉面积猛增到2万多亩，全镇耕地总面积4.3万亩，香蕉面积竟占了近一半。在大塘边村的土地上，除了香蕉就见不到别的农作物了，这个"专业村"也真够"专"的。这么多的香蕉，必须觅个大市场，弄不好会栽跟头的。钟居平等镇领导人还算机灵，赶紧组织了两个"香蕉北运组"，分别跑到武汉、石家庄去寻觅市场，这才解决了问题。吉水的香蕉不仅"香"过长江，还"香"及黄河。

就在这时，谢建村的荔枝开始有了大起色，几个荔枝专业户年收入都在10万元以上。钟居平满以为，大塘边村这回会动手种荔枝了。

岂知仍不。在吉水镇委、镇政府的鼓励下，不少村庄开展了"学谢建，种荔枝"的活动，颇见成效。而大塘边村却是"岿然不动"。钟居平只好抽空回村牵头分山。

大塘边村背靠一座虎卧状山冈，冈顶几及村中的三层楼房高，面积约莫二百亩。这是该村唯一的一个山头。科班出身的钟居平早已看出，这是一块风水宝地，潜力巨大，应尽快开发利用起来，造福村民。你看，他早年策划作业组挖掘的荔枝坑，至今仍依稀可辨。

钟居平同村中几位知己一起跑到山上，按4亩、5亩、6亩等三个不同规格放线定界，把整座山冈分为40份，每份都插上标签编上号。然后通知有志于包山种果的人家，每户派一代表上山抓阄定板。不大一会儿工夫，40份山地便各有其主了。钟居平满以为，这回问题肯定解决了。

岂知仍不。有个村民原领了两块山地，事后想想心虚了，急急忙忙把其中一块大的（6亩）退回了村集体。这块6亩山地，年承包费51元。他怕荔枝种不好，每年要白交51元；但又怕荔枝能种好，自己会吃亏，便留下这小块的"保底"。

种荔枝这码子事，大塘边村人就这么你看我、我看你，互相观望、等待，蹉跎了岁月。被退回的那块地一直没人接手。钟居平意识到，自己光牵头分山还不行，还得有个实际行动，这"头"才带得起来。钟居平在大学里学的正是果蔬专业，会种水果、蔬菜。看来，这"头"还非得他带不可了。

前边说过，钟居平是"双职工"家庭，是"非农"户口。在他的家庭成员中，就只有父亲是农业户口。为了以实际行动带起这个"头"，让全村人行动起来耕山种果致富，钟居平便以父亲的名义，把退回的那块山地接手承包了下来，并于1990年毫不含糊地种上了荔枝。

俗话说，有样学样，无样学世上。钟居平干出的样儿，就有人跟着学呢。不出一年，那满山冈遍布了新种的荔枝苗，生机盎然。

三年后，荔枝投产了。田里的香蕉加上山上的荔枝，大塘边村富上加富。年过一年，昔日的贫穷被抛到九霄云外去了。

农民有了钱，想干什么？建楼房。在人们的印象中，这水泥钢筋结构的玩意儿，似乎是城里人的专利。如今世道变了，咱农村人也要试着住住看。钟居平告诉我，大塘边村除了两户"五保户"，每户都建起了楼房，而且造价都在10万元以上。当年一幅"楼上楼下，电灯电话"的愿景，开始走进了"一脚牛屎，一脚泥"的乡巴佬的生活。

花椒树村

【导读】 田里的香蕉，加上山上荔枝，花椒树村一户的年收入都在 15000 元以上，多者高达 3 万元。村人由衷地说，苦熬了这许多年，今天才真正做到『因地制宜』。

改革开放之后，广大农村中涌现出好些个不种粮食而只种某种经济作物的专业村。专业村不种粮，却不愁没饭吃，吉水镇的花椒树村便是这样一个村子。

　　国门初开，怪事多多。什么"商品"呀，"市场"呀……一下子闯进了中国农村原本比较平静的生活，搅得人们眼花缭乱。一些地方上的领导班子甚至提出"不懂经商的领导，就不是好领导"的口号，于是乎出现了一个"全党经商"的乱局。哄哄然闹腾了那么一阵子，渐渐地形成了一种"新常态"——"商品经济"成了普罗大众日常生活的中心热议。人们开会、讨论，或者聊天闲扯，总不免要叨念几句农村经济"商品率"的话题。不用说，花椒树专业村的商品率已是百分之百了。

　　我曾先后两次来过这花椒树村。头一次，是去谢建村采访回来的途中，顺便进村坐了一会儿；第二次是半个月后专程前来采风的。和别的乡村相比较，我觉得，花椒树村有几点与众不同的地方。

　　首先，村子所处的地理环境很特别。你瞧，村子两边各有一座山，构成一个"人"字状。村子左侧那座山，宛若"人"字的一撇，山坡如刀削般陡峭。山顶上一条大公路从远处蜿蜒伸来，路面几及村里的二层楼房般高。而好像"人"字右边一捺的那座山冈，虽然不很陡也不很高，但是，那满山冈高大茂密的荔枝林，却让它显出一副高耸挺拔的气势。而夹在这"人"字形两山之间的，是一大块深陷着的三角形洼地，花椒树村就坐落在洼地的底部。村里的绿化特好，家家户户都处于浓密的绿树掩映中。

　　村子以上，是一大片耕地，这是花椒树村赖以生存和发展的皇天后土，是花椒树村人安身立命之地。如今，这一大片耕地都种上了香蕉。那密密麻麻的香蕉树，一棵挨着一棵，一垅紧靠着一垅，构成了一片绿森森的大蕉林。那又长又大、又阔又厚的芭蕉扇形的叶片，层层叠叠地向上仰着，不时迎风招展，发出猎猎的悦耳响声，犹如天籁——一曲为花椒树村成功转向市场经济而唱的赞歌，在此深谷久久地回荡。

村子以下，横躺着一条廉江市内的第一大河，名叫九洲江。江水从三角形洼地的底边即花椒树村口的前沿缓缓地流淌而过。

站在左边山冈的大公路上，你会看到山上的荔枝林、田野上的香蕉林以及村里的绿化树林连成一气，形成了一块美丽的三角形蓝宝石。就是这块熠熠生辉的蓝宝石吸引了我的视线，这才有了两次进村采访之举。

其次，村子里全是"清"一色的水泥钢筋结构的楼房。花椒树村不大，才二十户人家。一百来号人，蕞尔之村，"小国寡民"。村口就在三角形洼地底部的江边岸上。全村就只有这么一条弯弯曲曲的蛇行状路巷，从村子中间穿过，把外人从村口迷迷糊糊地引进村内。二十栋全新的楼房，不甚规则地分立于路巷两旁。这颇具档次的楼房，显示出花椒树村的富有；这楼房的崭新程度告诉来人，楼房的主人全是近年大获"改革开放"红利的"新贵"。

"改革、开放"二十多年来，中国广大农村的面貌发生了翻天覆地的变化。农民生活好了，手头宽裕了，便要改变简陋而破旧的居住条件，建起水泥钢筋结构的楼房。由于农村场地广阔，建筑用地充盈，新楼建起了，陈旧的房子仍然保留着，一直没有拆除。让新楼与旧房同时并存，形成一个强烈的反差，鲜明的对比。花椒树村却不同，地势低洼，村场狭窄，没有多少建筑用地。谁家要建新楼，就得把旧房子拆除。如是，花椒树村里便成了"清"一色的水泥钢筋楼房。

面对着"清"一色的崭新楼房，你会感慨万端——一向被视为穷乡僻壤、远离文明的农村，居然能够住上"洋楼"，这是新的历史时期使之改变了命运，抑或是多年的贫困和积弱使之走上了"穷则思变"之路的？不管怎么说，这"清"一色的崭新楼房，是村民们造就的时代标志，是村民们垒造的历史丰碑。

再次，我觉得，花椒树村子美，人更美。在村路巷中段的左边一侧，有一个颇为"架势"的院落：主楼是一栋全新的五间过二层楼房，在它的对面，又是一栋三间过的平顶楼，显然这是厨房；两边空隙砌了围墙，构成了一个长方形的四合院，中间是硬底化了的一大块空地。右边围墙挺立着一副高高的花格式大铁门，毫不含糊地给人一种"高门大宅，真够气派"的印象。

在这大宅院里生活着三代人。那栋主楼包含着两个部分：右边这部分是长子阿省哥的住所；左边那部分是次子阿速弟的住宅。夹在中间的两层楼梯，各有一间房子，叫楼梯间。显然，这是老两口的安乐窝。而主楼对面那三间厨房则表明，这两户人家分三个伙灶过日子。依照中国的传统，老人生活的主要内容是，照顾好第三代小孙辈，坐享天伦之乐。

在大宅院里的三代人中，第二代是主人。阿速弟是现任村长，因此，我两次进村采访都到此落脚。可是，我头一次进门时，就只有一位女主人在家，其余成员都出门去了。向导告诉我，这位女主人是长子阿省哥的爱人，叫阿玲嫂的。

我一眼见到阿玲嫂，便被她那姣好的容颜给震住了。只见阿玲嫂她身材苗条，体态文静，皮肤细嫩而白净，瓜子形脸蛋儿够漂亮。想不到这蕞尔之村，竟有如此佳丽。我看她不过二十来岁模样儿，岂料她已经37岁了，她最小的孩子已经10岁，也就是说，她已经10年没生产了。时光在她身上、脸上竟没留下多少痕迹。看得出，她不像城里人那样懂得"保养"，只是顺其自然而已。"顺其自然"者能有如此姣好的身材与容颜，便是"天生丽质"了。昔日宋玉写的"东家之子"，就好像写的是她："东家之子，增之一分则太长，减之一分则太短；着粉则太白，施朱则太赤；眉如翠羽，肌如白露；腰如束素，齿如含贝……"

最后，我还感觉到：姜，还是老的辣。当我第二次走进这高门大宅，长子阿省哥正好在家，老两口也在家，这回可热闹了。虽则仍未能遇上村长那一家子，能够见到院子里的一位男主人，亦算是万幸了。

这回儿，我注意到另一个人物儿——老太婆。我和她初次见面，她就像老熟人一样热情地招呼我，并以主人的姿态把我让进阿省哥那宽敞而明亮的大客厅里。在整个采访过程中，她自始至终陪着我说话儿。唯有她那个老头子有点儿不同，他好像不太习惯与陌生人接触，便自己一个人带着小孙儿在厨房门口玩儿去。

这老太婆名叫阿凤，已经60好几了，她给我的印象是，开朗，大方，口齿伶俐，脑子灵活，能说会道，善于与人沟通。她那脸上的深深的皱纹，留下了岁月的沧桑，而她那满面的笑容，则闪忽着奕奕神采，显出了老人的坚韧活力。向导告诉我，她曾经当过生产队的"贫协"组长，小小也算是个"官儿"呢。

人的特点是好热闹。我们宾主刚落座，左邻右舍的大人和小孩们便都围了过来凑热闹。偌大一个客厅很快坐满了人，济济一堂。他们都知道我的来意，是想了解他们香蕉专业村情况的，便热情地给我作介绍，讲述他们自己的故事。

听他们说来，花椒树村之所以能成为香蕉专业村，还是这位老太太阿凤婆带的头呢。

原来，花椒树村的实际情况是，这块蓝宝石洼地，是一块由高而低向着九洲江一边倾斜的三角形地盘，河水是流不进田里去的，这片土地便成了望"河"兴叹的旱地了。

可是，在"以粮为纲"的年代，这块旱地却要求种水稻。这可苦了花椒树村人，粘上了一件吃力不讨好的事。如果赶上年景好，风调雨顺的，收成还算不错；要是"东风不与周郎便"，那就会"落个白茫茫大地真干净"了。

正当花椒树村人感到烦恼之际，大塘边村的香蕉搞出名堂来了。吉水镇政府号召各村种香蕉。镇上的"农科站"同志指出，这香蕉是个"节水农业"，适宜在旱地里种植。这正符合花椒树村的实际情况。老太太阿凤婆第一个站出来响应，在自己仅有的三亩责任田里，种了二亩香蕉，悉心管理，长势可好。眼看丰收在望，不料却遭了一场强台风，丰收变成了"风收"，全让老天爷给收拾了去，真是"阴功绝代"啰！

那时，省儿刚入伍不久，小玲尚未过门，家里只有老两口及速儿仨。他们很伤心，但是不灰心。"子规夜半犹啼血，不信东风换不回。"台风过后，阿凤婆干脆把三亩责任田全种上了香蕉。结果大获成功，三亩香蕉共卖得人民币7000元。在阿凤婆的示范带动之下，花椒树村很快变成了香蕉专业村。

接着，谢建村的荔枝出了名，吉水镇政府又号召大家种荔枝。这回花椒树村行动可快了，而且步调一致，立即把村子右边即"人"字一捺那座山给分了，让全村家家户户都种了荔枝。荔枝投产之后，田里的香蕉，加上山上的荔枝，花椒树村一户的年收入都在15000元以上，多者高达三万元。花椒树村人由衷地说，苦熬了这许多年，今天才真正做到"因地制宜"。

廉江市共有23个镇。在镇的范围内，如果涌现出年收入在一万元以上的农户，就被称为"万元户"，镇政府便派出慰问团进行祝贺和慰问。也许吉水镇的"万元户"比较多吧，例如花椒树村，全村家家户户都是万元户。吉水镇那么大，镇政府应付不了，就没有进行此项活动。不过，花椒树村人也不在乎贺与不贺的，仍然以平常的心态，过好属于自己的每一天的日子。

李村

【导读】 改革开放之后，李村人之所以能够打了个漂亮的翻身仗，主要是靠的『大养其猪』……

村中大小石头都姓李，故名李村。

愚"走马观花"访李村，有两点情况值得一提：一是该村耕地多，人均面积超过 1.5 亩；一是现任村长李声标这个人可有意思了。

一

李村位于廉江市石岭镇竹山背村委会之西北部，是该村委会12 个自然村中最边远的一个小山村。村子坐落在花生坡岭下，石岭武陵水库的一条灌渠，从花生坡岭下即李村背后流过，渠上架一小桥，以便行人过往。这是 1958 年"大办水利"时留下的辉煌成果。村子前面是一大片宽阔的田野。打从有了这渠，李村山青，水秀，土地肥美，物华天宝，好一幅"小桥流水人家"景致。

李村不大，全村 54 户，273 人，耕地面积 400 多亩，人均超过 1.5 亩。此外，还有正在开发中的 1200 亩山地。有人说，拥有土地，便拥有了无穷的生命。由此可见，李村是个极富生命力的村庄。

按理说，土地不会再生，人口却不断增加，这人均耕地面积自然要逐渐减少的。在全国"扶贫攻坚"计划的实施中，相关资料表明，贫困地区所以贫困，原因很多，诸如交通闭塞啦，观念陈旧啦，产品质劣啦……其中还有一条，就是耕地面积少，人均不到半亩。针对这种情况，在 2000 年的广东扶贫工作会议上，中央政治局委员、广东省委书记李长春提出，一定要保证每人半亩"保命田"。对照这个标准，李村的人均耕地面积超出了许多，这究竟是怎么一回事？

据村长李声标道来，原因有二。其一，冲出"围城"。全国解放这么多年，李村的青年一代接着一代地踊跃参军，应征入伍。而入了伍的李村人都很争气，他们中除一人外，其余均入了党，提了干。退伍之后，能在地方上安排个工作，把家人都带了出去，由农村户口变成了城市户口。那位没有入党提干的，却是个汽车兵，退伍后安排到糖厂当司机，他们一家人也离开了李村。年间，常有招工招干的事，李村也被招了些人去。这些人后来也都在外头安了家，再不回李村了。改革开放之后，冲出"围城"的门路更多。这时，社会上尤其看重知识化、专业化人才，李村人开始注重读书、学习，走"仕途经济"之路。至今，村中出了6名大专生，1名中师生。他们都在外面成家立业了。头几批冲出"围城"的李村人，至今已是三代同堂的大家庭。屈指一算，那"围城"外的李村人，总数已经超过200人，同"围城"内的人数相差不大了。

在"发展农村经济，减轻农民负担"的问题上，有关专家指出，"农村经济发展"的主要途径不在农村，而在城市，尤其是中小城市；只要城市发展了，让尽可能多的农民进城，以维持农村足够的耕地面积，农村经济才谈得上发展，农民的"减负"问题才成为可能。看得出，李村实际上是按照这个路子走过来，并将继续走下去的。

其二，认真搞好计划生育。人口政策是我们的基本国策，经过多年的努力，已经深入人心。加上李村人的淳朴与执着，一向听党的话，便由原来的"多子多福"观念，逐渐转变到"多子多烦恼"的认知上。李村人知道，当今的生育问题，已经不单是一个生与养的问题，这当中有个比较复杂的"教育"问题。从今往后，子孙后代只有受过良好的教育，才有可能冲出"围城"；就算留在村里，也是那些有知识的人最先过上好日子。可是，接受教育是需要付出的，子女多了，你如何吃得消？因此，当今的李村青年不超过25岁不娶妻，结婚年龄比他们的前辈至少推迟了5年；生了第一胎孩子的妇女，一律上环，并定期查环查孕，以防不测。

也就是说，李村人的夫妻的夜生活已受惠于科学的规范了。

二

现任村长李声标，确实有点儿意思。他的特点，简而言之：平淡。有一首流行歌曲唱道："平平淡淡才是真。"正因为李声标于平淡中显出真实性，人们这才觉得他有意思的。

他——李声标，1959 年生，5 岁丧父，31 岁的母亲开始守寡，带着他和 7 岁的姐姐艰难度日。

李声标一出生便赶上"三年困难"时期，李村食堂里的一日三顿干饭很快变成三顿稀粥，每人每顿只得 1 两大米，而且是 16 两秤的。不少人饿水肿了。面对这样的日子，怎一个"苦"字了得？李声标还算"命大"，居然能熬了过来。

李声标高中毕业那年，正好恢复全国高考招生制度，标志着"动乱"的年代已经过去，眼前一派光明，可他心里却是一片黯淡。就因为他在学期间，中国出了一名"白卷英雄"，"读书无用论"甚嚣尘上。大凡中学，都有个小农场，让学生经常参加劳动，走"五七"指示道路。从入学至毕业，没上过多少文化课。肚里没有墨水，面对高考，只能够靠边站。李声标被历史切实地嘲弄了一番。

李声标离开学校回村里来了。他好不容易觅得了个"民师"的位置。但那时走"后门"成风，他家孤儿寡母，势单力薄，压根就"没门"。因此，他这个从"前门"进来的"民师"只干了一年，就让从"后门"进来的给挤掉了。

丢了这"民师"，李声标尽管有点儿可惜，内心倒也不太在意，不当就不当，有啥要紧的！他姐姐可就不同，她实在太在乎这"民师"了。已经出嫁了的姐姐，唯一放心不下的是，弱小的弟弟能否娶得一房媳妇。当个民办教师，尽管是"民办"的，人前人后多少有点儿面子。可如今，他们孤儿寡母连个民师也保不住，谁敢轻言她弟弟准能讨得个娘儿们？连阿Q都懂得"不孝有三，无后为大"，做姐姐的急忙降低要求，给小弟介绍一个富农家庭出身的女孩子。

可是，做姐姐的万万没有想到，这弱小而可怜的弟弟竟然会不同意。

其实，这不怪小弟。这是当时的教育思想在作怪。小弟李声标从小学直至高中所受的教育，完全是"阶级斗争"教育。那时阶级斗争要"天天讲，月月讲，年年讲"；不忘阶级苦，牢记血泪仇；脑子里阶级斗争这根"弦"绷得越紧越好。连小学生的数学题也充满着阶级斗争的内容。就有这么一道数学题，原文记不清了，大意是：

旧社会，地主老财残酷剥削农民，出租一亩地要收取租谷若干。某农民租了地主若干亩地，问共要缴交租谷多少？

看了这么一道简单的数学题，就好像读了一部血泪家史。再者，李声标还亲眼看到"文化大革命"横扫一切牛鬼蛇神、荡涤社会上一切污泥浊水的情景，那些出身不好的人，都在"横扫"和"荡涤"之列。好不吓人！有鉴在此，姐姐的心意小弟就"领"了，他宁可一辈子打光棍，绝不同一位"富农女"结婚。

常言有道，良缘佳偶自有天成。李村有位仁兄从广西宾阳县娶回了一房媳妇。这媳妇觉得李声标人不错，有文化，有点子，又有骨气，便把娘家一位贫农出身、初中毕业的妹子介绍给他，成就了一桩美事。虽少了点儿浪漫，却能够切切实实过日子。

这倒令我想起一个电视剧，剧中讲述了两姊妹的故事。姐姐是个知识分子，在大城市里谋生。物质生活尚可，就是精神生活有所欠缺，已经三十挂零了，仍然是单身一族，在爱情方面毫无斩获。妹妹在农村生活，没机会念书，长到结婚的年龄，便顺其自然地结婚嫁了人。

有一次，姐姐来到妹妹跟前，关切地问道："你丈夫爱你吗？"妹妹回答说："什么爱不爱的？不就是过日子吗！"

说得多好！农村人把"爱情"归结为"过日子"，真够直截了当。

其实呀，我们没有必要把"爱情"弄得那么神秘，那么复杂。

三

经过改革之后的开放，各方面"放"的比较开，农村人除了干农业，还可以兼干别的一些"业"，以期多门路、多渠道增加收入，不像以往，动不动说是"资本主义自发倾向"。李村李声标除了干农业，就多干了屠户一行。

屠户，即干的白刀子进、红刀子出那种营生。别小看这营生，在计划经济的计划供应时期，那可是个了不得的行当。广东就有这样一句流行语："广东三大宝：医生、司机、劁猪佬。"那时吃肉不容易，"容易"吃上肉的人才算有本事。愚一家5口人，每月领到10张肉票，每张票可买肉1元，肉价每斤0.8元。一天买回一张票的肉，头一顿，大人还有点儿肉吃；第二顿，除了老人和小孩，大人就只有"望"的份儿。10张肉票10天用完之后，那个月剩下的20天时间，全家老小连"望"的份儿也没了。主要靠咸鱼过日子，兼以池塘里和河里的鱼、虾之属，此外，还得养几只母鸡下蛋呢。我们一家属于双职工的工薪一族，那种放开肚皮、大鱼大肉的日子离我们似乎还很遥远。人家屠户可就不同，不但自己吃肉方便，办事也方便，当个官儿也比不上他，人前人后可神气着呢。当然，李声标没福气干上这样的屠户。只有改革开放，取消了肉票，猪肉敞开供应，他这才沾上个边儿。

城里的屠户，从早到晚站在肉台前忙活。李声标可不同。他的顾客是农民，他的市场在农村。他同另一个人合伙，每天凌晨4时宰猪，天亮前收拾妥帖，一人分得一半，一般有一百来斤。自行车后架上固定一块木板，那半只猪就摆在那木板上，纳了税款，天一亮骑上自行车走村串户，优哉游哉地吆喝叫卖去。

李声标介绍说，"分田到户"头一年，当地农民就解决了温饱问题。打那以后，农民的购买力日渐提高。李声标每天只转了两个村子，那"半只猪"便于上午9时许全部销售完毕。天天如此，长年旺销。每天卖完了肉，还剩下足够的时间干农活，只是辛苦了点儿。一年下来，光屠宰一项，收入 2 万元。

四

"改革开放"之后，李村人之所以能够打了一个漂亮的翻身仗，主要是靠的"大养其猪"。

村长李声标介绍说，1982 年"分田到户"后，李村人觉得这是第二次"土地还家"，便甩开膀子大干。他们利用土地多的优势，家家户户留出专用土地（至少二亩）种番薯作饲料，真正做到当年毛泽东主席说的"大养其猪"。而且都养的肉猪，不养母猪，因为仔猪利润少。

在此之前，李村一个农户一般只养一头猪。养多了不行，人都没有吃的，哪有这许多东西喂猪？那阵子，本是杂粮且宜于喂猪的番薯，却成了李村人的主食。如今不同了，李村人的主粮大米多得吃不完，再没有人吃番薯了，全都成了猪们的美食。饲养方法，仍然是传统的土办法：番薯、薯叶，混同于日常家庭泔水，再加上一点家庭米糠，一日三餐喂个饱。

就凭这二亩番薯地，以及这传统的喂养方法，一年可以养出两批大猪。有的户每批养猪至少 8 头，年出栏肉猪 16 头；有的户每批养猪多达 12 头，年出栏肉猪 24 头；多数农户每批养猪 10 头，年出栏肉猪 20 头。一头猪苗一般要花 150 元买来，出栏时一般卖得人民币 650 元。人工是自己的，饲料是地里产的，除去 150 元猪苗钱，一头肉猪可赚得毛利 500 元。光养猪一项，李村各户的年收入达 8000 元、10000 元或 12000 元不等。

此外，李村人还有一项最基本的收入，即大田里辛勤耕耘的稻谷收入。以村长李声标家为例，他家种的 5 亩水稻，一年二造总产量达 1 万多斤。除去公粮和自留口粮，每年都有 7000 斤稻谷需要出手，按当时的粮价每百斤稻谷 50 元计，这可是一个令人惊喜的数目。

仍然处于传统农业状态的李村，其主要经济收入便是从前辈继承下来的"种""养"二项。不同的是，前辈拥有的只是些有限的产品，没有多少剩余可以转化成商品的。而如今，可以成为商品而进入市场的东西越来越多，其数量也越来越大。在改革开放"摸着石头过河"的起始阶段，这"种"与"养"在技术层面上虽然不够先进，不够新颖，但是，李村一个农户在一年之内能有万数以上的现金进账，可以说是前无古人，令人瞠目。

这"种""养"二项收入相加，作为一村之长的李声标，在李村中仅属于中等水平。如果再加上屠宰一项收入，他李声标便成了李村的首富。

访谈至此，愚则不解地问，李村土地这么多，过去生产队干了那么些年，为何总得不到温饱？

李声标解释说，这归根结底是体制的问题。前面不是说过，分田到户之后，李村人"甩开膀子大干"吗？在旧的体制内，人们的"膀子"就是"甩"不开，生产队集体"搵钱"的门路少，没有足够的资金作成本，这集体的生产就一直上不去。

李声标就以他家为例，说明种水稻的成本问题。他告诉我说，每种一亩水稻，插秧之前，先往田里施下 12 斤尿素；秧苗插下 7 天之后，又施下进口复合肥 20 斤，尿素 20 斤，钾肥 15 斤。然后坐等收成。复合肥每斤 1.12 元，尿素每斤 0.60 元，钾肥每斤 0.70 元，合共 52.10 元，一年二造，其成本便是 104.20 元。李村这么多土地，李村生产队哪来这许多钱作成本？

愚闻之，不由长叹一声：原来如此。

田心村

【导读】 人均耕地面积仅 0.389 亩，这个够做什么？田心村人唯有往市场上寻求自己的生存空间……

田心村，顾名思义，村子坐落在一片田野里面。一条由湛江通往茂名、广州的铁路，从村子背后穿过，铁路基几及村中的一层楼房高。田心村地势低洼而且平坦。

田心村是廉江市河唇镇连塘口村委会的一个自然村子。我这是头一次采访田心村，却是第二次来到连塘口村委会。头一次来时，我原打算采访连塘口村的，因为她是该村委中心；然而，该村委会党支部书记却是连塘排村人，便想，作为书记，对辖区内所有村庄的情况当然都熟悉，而最熟悉的还是他自己的村子，于是临时改变计划，请书记介绍连塘排村的情况。仅介绍了一半，电话铃响，书记有急事，采访中断了。今天第二次前来连塘口村委会，自然是要再续前缘，请书记介绍完连塘排村的情况的。不想事情又有新的变动。眼下正是村级班子换届选举期间，前任书记退了，由新当选的一位名叫钟学富的领导出面接待我。接待室里，我仍然坐在原来那个位置上，而跟我谈情况的却换了一副面孔，我不免有点儿物是人非之感。才那么几天时间，变化竟如此之大，虽说不上"改朝"，却也确实是"换代"了。

面对着新当选的书记，我自然要祝贺一番，也好借此活跃一下气氛。可是钟学富连忙摆手说，别高兴太早。党支部新选出的三位支委，尚未分工，上级只宣布他暂管全面，主持日常工作，还不知道谁能够当上这书记呢。如此说来，却是"冯唐易老，李广难封"了。

不过，内行人知道，时下新选出的领导人总要"公示"一下，看看社会上有何反响，上级方能批复上任的。这是例行公事程序，不碍事的。他既然管了全面，起码算个"准书记"了。"准书记"

钟学富是田心村人，我只好又改变计划，转而采访田心村。

"祝贺"不成，又另找噱头。我从他的名字入手，不无调侃地说："钟学富，这名字好哇！你已经学会'致富'了吧？"

这一问，问出了这名字的来历。

原来钟学富家里有个残废叔父，小时候读私塾挺聪明，过目而不忘，满腹经纶，在当地可是个小有名气的读书人。他16岁时得了痢疾，只是因为穷，没钱医治，便留下了痼疾——膝盖比大腿大，出入要"三条腿"走路。这名字便是他起的。

我想，既是读书人起的名字，兴许是从"学富五车，才高八斗"中来的。然而，据钟学富说来，他在学业上却一直"富"不起来。

钟学富，1950年生，比共和国还年轻那么一丁点儿。家里有奶奶、父亲、母亲，还有那位残废叔父。他是长子。"穷人的孩子早当家"，钟学富自小得帮家里忙活，五六岁上便要放牛、割草、拾柴火。八岁要承担整个家庭的打柴任务。

行船偏遇顶头风。八岁那年，不就是1958年！那是个"大跃进"年代，全民"大炼钢铁"。各地建起土高炉群，大砍山上的林木烧炭冶炼钢铁，一座座绿色的青山被一扫而光。哪里还有柴可打？这叫一个年仅八岁的小不点儿如何是好？

天无绝人之路。铁道有关部门规定，沿线列车要到田心村附近的河唇火车站卸煤渣、灌水。这煤渣可顶用了，解决了当地燃料方面的大问题。小不点钟学富就同大家伙一块拾荒——到火车站捡煤渣去。

火车站的同志无不欢迎周边村民前来捡煤渣，还派人进村入户教会他们打煤灶及烧煤的方法，使废品得以利用，垃圾得以及时清理。如今，火车早不烧煤了，钟学富家仍在买煤烧饭，便是当年养成的习惯。

钟学富九岁入学读书。每天上午、下午的第一节课预备钟声未响，他是不能够回学校的，要留在家里或者地里多干点儿活计；预备钟声一响，这才飞也似的跑回教室上课。也真亏了他能"飞"——做到家庭、学校两不误。

钟学富的出色表现，深得父亲的信任，早早给他压担子，小学未毕业，便要他做个"小当家"。为了当好这个家，钟学富在中学的初中部仅住了三个星期便辍学回家来了。自此与"学"（校）无缘，尽管人们仍叫他"学富"。

这时候，小当家钟学富上有奶奶、父亲、母亲以及一位残疾叔父；下有三个弟弟、两个妹妹，加上夹在中间的他，便是 10 口之众，吃的、住的、用的……事情一大堆。要治理好这么一个家，确实不容易。可是，你别小看这"小当家"年纪小，他把这个家"当"的还真像那么回事。具体体现如下。

其一，处理好男婚女嫁问题。在农村，如果满屋子孤男寡女，该嫁的嫁不出去，该娶的娶不进来，人家会笑话的。小当家钟学富却能够处理好这人生大事。他是长子，是老大，于 1973 年结婚，老二于 1978 年联婚，老三于 1980 年完婚。两位妹妹亦都已名花有主。老四未及冠，暂且按下不提。

其二，两次建房子。在人的一生中，建房子是一项最大的消费，因此，人不轻易破土建房屋。而在钟学富当家期间，居然两次动工建新居。

头一次是 1974 年，建的一座泥砖瓦房。所谓"一座"，即三间过，正中一间是厅，两边是耳房。工序简约，先在农田里搅泥浆打砖，然后砌墙、盖顶，只花点儿钱买木桁和平瓦。第二次是 1978 年，建的一座红砖瓦房，档次比上一次的略高。

其三，和睦相处，克谐以孝。钟学富在他的治家方略中突出一个"孝"字。他"上任"那天宣布，有奶奶一日命在，兄弟们不分家，要让她老人家好生感受这"儿孙满堂"的愉悦，开开心心多活几年。因此，他们兄弟、妯娌间长期和睦相处，克谐以孝，从不为什么事儿红过脸。

随着年龄的增长和人口的增加，钟学富由"小当家"变成了"大当家"。他老大钟学富生了二男一女；老二生了二位千金；老三生了一个男丁。六个曾孙整天在人瑞跟前绕膝嬉闹，一个个操着奶嗓子叫"阿老"，声声悦耳甜美。看把她个老太婆乐的！

用田心村人的话说，这人瑞在走"尾运"。她一生不辞劬劳，晚年总算得了个福，尽情地享受着四世同堂的天伦之乐，直至

1982年92岁上笑归西土。那位16岁时残废了的叔父，全家人从不把他当"负担"，侄儿、侄媳们养他、敬他、孝他，直到他于1976年67岁上辞世。咱们的"亚圣"孟老夫子说："老吾老以及人之老。"钟学富他们起码做到了"老吾老"，体现出一种伟大的人性美德。

1982年，是多事的一年。田心村的人瑞羽化登极，一个四世同堂的大家庭随之"解体"——钟学富几兄弟着手分家；紧接着，田心村"分田到户"。

1982年，是一条极其明显的分界线。打那以后，田心村迎来了如歌岁月，如潮生活。转眼间20年过去了，田心村发生了巨大的变化。其中最突出、最抢眼的是，村上的人家都建起了楼房。

钟学富就先后建了两栋楼房。第一栋一层，88平方米；第二栋三层，共300平方米。他的二弟、三弟也各建了一栋新楼。至于四弟，分家时尚为弱冠，未能自立，需跟随父母一起过。按照传统做法，已成家的兄长们要给他留下一点儿"老婆本"，所以他分得那间最新、最好的红砖瓦房。房子至今还蛮好，但是由于大势所趋，他四弟也在准备着大兴土木建楼房了。

那么，田心村建楼房的钱从何而来？他们到底赚的什么钱？

说实在的，田心村人的钱不好赚，他们手上的每1分现钞都来之不易。全村147户，783人，人均耕地0.389亩……这够做什么？然而人总得活下去，而且还要活得好！幸而赶上了"改革、开放"，让田心村人迎来了一个接纳梦想、同时又创造梦想的年代。经过艰苦曲折的摸索，他们找到一条能够实现梦想的"大养其猪"的生财之道。

原来田心村有个当过兵的名叫钟发立的人，他在部队曾经负责过养猪，懂得一套科学养猪法。退伍归来，自然要把这方法派上用场，并且已经连年取得了好效益。他也曾将此法告诉村里人。村里人也看到他养出了不少大猪，可就不相信那是什么"科学方法"。因为钟发立拥有一台手扶拖拉机，经常为当地粮所拉货，人们便以为他有了"后门"，他家里的猪是由粮所的肉糠"泡"大的，没什么"科学"可言。

此事倒引起了一个人的注意，此人便是钟学富。他认为，是不是科学，经过实践便知。

1984 年，钟学富买回一本关于养猪的科技书籍，并买回 4 头猪苗做试验，边看书，边喂养。这才证实，钟发立的养猪方法确实是"科学"。

书上说，养猪的方法多种多样，而主要是科学地配制好猪的饲料；有了好的饲料，这猪才长得快，长得好。书中介绍的几种猪饲料的科学配方，同钟发立说的大体一致。其中一种以稻谷为主的饲料配方是：稻谷打粉 40%、肉糠 10%，木薯打粉 15%、黄豆打粉 10%、鱼粉 5%。此外，还要用硫磺、食盐、石灰，按照 1:2:4 的比例配制成添加剂，每猪每顿"添" 7 钱。别小看这 7 钱添加剂，它解决了猪对矿物质和微量元素的需求。不然，猪会咬门，拱墙，躁闹不安。如果说这是"秘方"，其"秘"在此。用以上配方饲料喂养的猪，每天可长肉 1.3 斤。

显然，田心村养猪与李村大不相同。人家土地多，留出养猪的专用土地，猪饲料完全从自家地里而来；田心村土地少，猪饲料完全从市场上来。二者成本差异大，利润也大有出入。李村养一头猪可获利 500 元；田心村养一头猪仅得利润 130 元。

不管怎样，能够赚钱就好，能够生财就中。1985 年，田心村家家户户推行了科学养猪法，并且都获得了成功。次年出现了养猪高潮。1988 年达到顶峰，户均年出栏肉猪 100 头，最多一户达 400 头。这科学养猪法让田心村人告别了贫穷，甩掉了那苦涩的日子，获得了云开月明的欢欣。

就在这春风得意之际，田心村人碰到了要命的事。1989 年，村上该出栏的大肥猪却难以出村去了。

在中国，养猪这档子事，向来是只愁养，不愁卖的，皇帝女不愁嫁嘛，而且猪养的越大越肥，就越好。可是，也不知咋的，中国人似乎一夜之间改变了口味，肉市上每天剩下大量的肥猪肉，老是没人惠顾。炸油吗？面对着满铺行包装精美的植物油，什么骆驼唛、金龙鱼之类，再加上什么胆固醇高呀低呀一类鬼话，竟也没人食用动物油了。因了这大肥猪，屠宰行业天天在亏本，再不敢轻易收购生猪——尤其是大肥猪了。一向以"大肥猪"为荣的养猪户倒了大霉，这是田心村人始料不及的。钟学富最后剩下的18头大肥猪，如果不能及早出栏，便要天天喂养，这成本便天天在增加；已经过了成长期的大肥猪则天天在老化，也就是说，其商品价值天天在下降。这可是一桩吃力不讨好的、让人走向绝境的事儿哟！打从养大肥猪以来，田心村人长期跟市场打交道，并从中获得丰厚的回报。不想正打得火热的时候，却要领教它的残酷与无情。这简直是冰火两重天！钟学富只得带上水果、白糖等礼物，四处乞求食品站负责人"开恩""关照"，这才勉强以不亏本之最低价格把这18头大肥猪出了手。

吃一堑，长一智。田心村人挨了这一经济闷棍，懂得了什么叫市场。原来，这市场除了让你获利，使你飞黄腾达的一面，还有让你血本无归、一败涂地的另一面。再者，这市场不是孤立的，它与形势紧密地联系在一起，中国人的"口味"变了，这表明，形势已经向前发展了，市场就会跟着起变化，人的思路就得跟着拥抱"变化"。1990年后，田心村人把养大猪改为养小猪，专为当地广大养猪户提供猪苗，以此避开"大肥猪"的困扰。他们到相邻的广西那边贩回大批崽猪，圈在原有猪栏里，边养边卖。十里八乡之客户闻风而动，涌到田心村选购猪苗。不几天，头批猪苗销售完毕，田心村人接着又贩回第二批、第三批……田心村很快成为当地最大的猪苗集散地，一天可销出猪苗上千头。

整个90年代，田心村人都在做着猪苗生意。如果一次贩回崽猪二三十头，一出手便是上千元的赚头。一年下来，一般人家都有三万多元的收入，多者超过10万元。钟学富说，他家属于前者。

可是，田心村的猪苗市场十分脆弱。它实质上是个"二道市场"。你懂得到广西贩卖猪苗吗？别人也懂得贩卖啊，而且是贩到别的地方去卖，这便把原本是田心村的顾客给拉走了。你这"二道市场"因而受到致命的冲击。由于耕地少，田心村人只有往市场上寻求自己生存的空间，这个猪苗市场一旦垮台，田心村又面临着一场生与死的考验。所幸的是，经过市场经济的几番折腾，田心村人已经具备了相当的应变能力，根据新的情况，他们必须

"创造梦想"——换过另一种活法。于是乎一个新的产业——大养母猪，就在田心村粉墨登场了。

自2000年起，田心村家家户户开始大养母猪，专门生产崽猪出售。他们无须再到别处贩卖猪苗去了，在田心村猪苗市场上出售的，全是自家养的母猪产下的优质猪苗。

田心村人养的都是瘦肉型"三杂"良种母猪。比如说，一母猪产下10头崽猪，其中3头白色的，3头黑色的，而另4头则是棕红色的。此之谓"三杂"者也。这种猪体形大，生长快，瘦肉率高，肉猪（商品猪）易出手，能卖个好价钱，因而深受广大养猪户的欢迎。田心村三杂良种母猪的总头数也因此很快发展到500多头。一般农户养母猪都在3头以上；最多的一户养了27头。1头母猪二年内下5窝崽猪，每窝崽猪10-13头。1头崽猪可获利100元，即说，养1头母猪一年获利在2500-3000元。养3头母猪的农户，年收入将近1万元。

自从田心村人大养三杂良种母猪之后，这猪苗市场的"根"便牢牢地扎在田心村里了。可以这么说，只要人们仍然吃猪肉，田心村的良种猪苗市场就不会垮台。这良种猪苗市场，把为数不少的优质良种猪苗散布到周边广大农户去，不独让田心村人发财致富，还能够引领周边众多的村民走上共同致富的道路。这个优质良种猪苗市场，让田心村人在经济领域里尽显风骚，赢得极好的声誉。

要知道，这个三杂良种猪苗市场能有今天，可不是一朝之功、一蹴而就的。这当中包含着田心村人多少坚守与执着，包含着田心村人多少汗水与付出！历经风雨，田心村人深刻地认识到，这市场经济似乎有着一股神奇的魔力，给人以生存的智慧与能力，自主自强，成就梦想，从而改变你的命运。

在田心村，正当人们忙于大养母猪之际，村中却有一户人家与众不同，他并不随大流，而是另辟蹊径，独自养起三杂良种公猪来。此人便是阿伟哥。想想吧，一头母猪二年内要产5窝小猪。田心村这500多头母猪，年均配种将达1250多次，每次收费20元，便是25000多元。这仅是本村潜在的商机，还有邻村、邻镇、邻县呢。诚然，别处亦有人饲养同类公猪，这要看谁的服务质量好了，公平竞争嘛。阿伟哥备有电话机、BP机和一辆三轮摩托车，一俟有求，"三摩"立马开动，上门服务。今天，"准书记"钟学富特意领我来见阿伟哥，不料他已经开三摩载一头公猪出门"服务"去了，只见到他的爱人。时下的一些中国人仍然不愿露富，加上吃不准我的来意，每当我问及公猪的"效益"时，阿伟嫂总推说"费用高"——公猪要吃好，费用实在高。

公猪经常干那事，消耗很大，是要吃些儿好的。不过，"费用高"，收入也会高的，这便是人所共知的"高去，又高来"的商情。阿伟哥一共养了5头良种公猪，一年赚个三万多元怕是不成问题的，与大养母猪的人家相比，是相差无几的。真个像俗语说的，"蛇有蛇路，蚁有蚁途，各行其道，各得其所"了。

岭脚村

【导读】 中国农村传统的「业」，原本是单一的、僵化的。而如今，岭脚村人依仗新时期的市场条件，凭风借力把这陈年老皇历完全给翻了个转……

改革、开放以来，各地涌现出不少专业村。同别的专业村相比照，岭脚村可算是个"多业"村。

何谓"专业"村？这个在新时期产生的新名词，该如何给它下个定义，可叫人犯难了。我琢磨着，中国的农村经济一向是自给自足的自然经济，没有多少商品成分，商品率极低。而改革开放之后，一些农村出现了某项能够变成商品而赚大钱的生产，人们就管这个村叫该项"专业"村。由此可见，"专业村"是指的专门生产某一商品性农产品的村子。在岭脚村，除了传统的农业生产，最早出现的商品性农产品是黑甘蔗。也就是说，"多业"村最早的一"业"，是黑甘蔗种植业。

甘蔗，分糖蔗、果蔗两大类。黑甘蔗是果蔗中的一种，不能制糖，只能当水果吃，表皮墨黑，故名。既是果蔗，生产者就不是为的自己消费，它的商品属性很明显。因此，凡种植黑甘蔗的村庄，必须具备一个条件——市场。廉江市石城镇角湖垌村委会的岭脚村，就位于廉江城的旁边。且注意这"岭"字，什么"岭"？就是廉江城北郊的塘山岭，海拔196米高，山峦由东而西起伏廷绵达好几公里，岭脚村就住在塘山岭东头山脚下，故而得名。别的许多村子只能够占有一个乡镇级小墟市，而岭脚村却拥有一个市（县）级大市场，真够造化了。

此外，岭脚村还具备了另一个条件——拥有一帮子零售散卖的推销黑甘蔗的能手。

岭脚村出产的黑甘蔗，皮黑肉黄，软脆多汁，清甜可口，物美且价廉，深受人们的喜爱。可就从不见谁来收购、批发过，全靠种蔗人自己车载手推，沿街吆喝，零售散卖。多少年来，岭脚村的黑甘蔗都是以这种方式转化为货币的。这帮子零售散卖能手，你道是谁？全是岭脚村的家庭主妇，人称"黑蔗婆"的。

没有专门的培训，没有明确的要求，更没有什么性别规定，这岭脚村也不知咋的就涌现出这许多"黑蔗婆"，却不见有"黑蔗公"。是不会抑或不屑？男人大丈夫，要么干大事，要么穷得"只剩下一条万万脱不得的裤衩"（语出《阿Q正传》），也不干这吆三喝四的叫卖活？似乎都不是，而是岭脚村的男人有福气，都讨得一个会做买卖的好娘们。

岭脚村最早一批黑蔗婆，是在生产队年代涌现的，至今已是60开外的人，有的甚至过了古稀。那时，岭脚村有三个生产队，每队每年种有二三亩黑甘蔗，亩产平均在7吨以上。面积虽小，三个队合起来不到10亩，但是，在"以粮为纲"的计划经济年代，作为商品经济的黑甘蔗能占有这么一席之地，就算是奇迹，就算是一"业"了。

黑甘蔗于每年的八月十五中秋节上市。生产队以每斤5分钱的价格"过"给各户社员。每个农户备有一辆手推车、一把锋利的蔗刀，还有一杆秤。主妇们草草吃了点早餐，三三两两结个伴，推车运蔗进城叫卖去。如果车上的货物较多，还得为中午带上点便餐，省得来回跑动。

在岭脚村，说具体点儿，在塘山岭与廉江城之间，是一望阔洋洋的清水良田，一条由廉江通往北面河唇镇的大公路，正好穿过这大片良田，从岭脚村的东端擦边而过。黑蔗婆就沿着这廉一河公路推车运蔗进城叫卖的，行程约莫2公里。他们以每斤1角或8分的价钱零卖。上百斤的一车黑甘蔗，竟然能在一天里销售一空。黑蔗婆赚了个5元、3元的，可高兴得不得了，因为生产队一个劳动日仅值3角钱，她们一天的买卖顶得上10多个劳动日了。当然，生产队集体也拿了一大笔收入。

丰厚的经济效益给人以巨大的鼓舞、无穷的诱惑，黑蔗婆卖黑甘蔗可卖力了。大街上，一时风吹雨打，一时烈日煎熬，黑蔗婆忍受着，口干舌燥，也舍不得吃一口甜甜的甘蔗。她们从街头至街尾，从城东到城西，整天转悠、叫卖，并坚持不懈，乐此不疲。顾客们吃甘蔗嘴里甜，黑蔗婆手捧票子心里乐。尤其是星期六晚上，学校不上自修，看电影的人很多，电影院门前人山人海。有人群必有消费。商店里的副食品多种多样，琳琅满目，只因要凭票证购买，就不见有人问津，似乎是摆着让人家看的。唯独黑甘蔗无须票证，人们自然围拢过来……岭脚村推出的十几大车黑甘蔗，转眼间变成满街的蔗碴垃圾。记得有个反映蔗区生产、生活的影片，名叫《甜蜜的事业》。可以说，岭脚村的头批黑蔗婆把自己的青春全献给了这甜蜜的事业了。

其实呀，岭脚村甜蜜的事业好戏在后头，在改革开放之后。过去，一个生产队的黑甘蔗才那么二三亩；1982年"分田到户"，一户就种了二三亩的大有人在，而一般农户至少种了一亩。全村黑甘蔗的种植面积已不知扩大了多少倍，黑蔗婆的销售任务也因此不知增加了多少倍。生产队年代，岭脚村当年的黑甘蔗只需半月廿日便可销售完毕，而现今的销售期可长了，从每年的中秋节上市起，一直延至次年的清明节。当然，这当中打打停停，长长短短，黑蔗婆方便时才砍蔗上市的，反正黑甘蔗留在地里时间长点儿不会变坏。为了提高效率，黑蔗婆原来的手推车一律淘汰，全换上了脚踏三轮车，不管是蹬是推，都轻快多了。

与此同时，上苍赐予岭脚村的县级大市场，也在不断发展变化着。原来的县城就只一个"丁"字街，主要街道为东街、西街和南街，常住人口不足2万。而今大不同了。老城区被周边的新城区一层一层地包裹着。原为郊区的嶂山岭已被纳入市区，森林公园就建在山上。塘山岭与旧廉江城之间那一望阔洋洋的田野，已经变成街衢纵横、高楼林立的市区了。黑蔗婆往日运蔗入城的那段河—廉公路，已经演变成市内贯通南北的中山路。整个城市17平方公里，常住人口13万，于是，原来的县晋升为市。塘山岭下的几个村庄都被吸纳入市，村里的农民变成了市民。唯独岭脚村不为所动，坚持着当个城市中的农民。黑蔗婆一如既往，依然推着黑甘蔗沿街叫卖。

令黑蔗婆最为难忘的是，这个市级大市场对黑甘蔗的需求量很大，价钱一路看好。至1986年，黑甘蔗的价格由原来的每斤1

角钱升到 5 角钱。打那以后的十多年间，黑甘蔗的最高价曾卖到每斤 1.2 元，多数时候都稳定在 5 － 8 角钱之间。黑蔗婆们的腰包常常是胀鼓鼓的。

那一阵子，各地政府兴起"贺富"活动，凡一户年收入达 1 万元以上的称为"万元户"，政府官员便上门致贺，希望再接再厉，富上加富。按照这个标准，在岭脚村的黑蔗婆当中，倒有不少是"万元户"的。因为黑甘蔗亩产量一般在 7 吨以上，就按每斤 5 角钱计算，只要种上 1.50 亩黑甘蔗，便可成为"万元户"了。可惜没人能够吃透这黑蔗婆的底细，只见她们一斤二斤的零卖，5 毛、1 元地收银，零敲碎打，可怜兮兮的，便以为如此卖活终不成气候。岂料这里面竟是"此地无银上万两"！

这个市级大市场生意好做，钱却不太好赚，因为市政建设要求高，市场管理严厉。为了这新兴城市的整洁、美观，为了文明、有序的集市活动，各种规章制度和管理措施相继出台。其中的一点要求是：各类生意必须定位设摊摆卖。这对岭脚村的黑蔗婆极为不利。她们一向沿街叫卖，流动兜售，哪里人多哪里去，以此扩大范围招揽顾客。如今要她们"固定"，岂不"死定"！她们一时半会接受不了，思想上转不过弯儿，情绪颇为抵触，故此常常"违规"而被驱赶罚没。"驱赶"还好办，忍气吞声走开便罢；这"罚"可不好受，一罚就是 30 元；"没收"更惨，满满一大车黑蔗，就这么眼睁睁给"没"了去。这时候的黑蔗婆呀，真不知"为谁辛苦为谁甜"了。

任何事情都有其二重性。撤县建市后的廉城市区内，正因为市政建设起点高，要求按标准绿化、美化市容，岭脚村才又生出了一个新"业"——花卉业。

有意思的是，岭脚村之出现花卉业，实在有点儿偶然。

村里有个杨德成，已经有了点儿年纪了，平时除了种好几亩责任田，便是外出做"泥水"，跑过不少地方，是个有阅历、有见识的人。他有个外甥看到城市要绿化、家庭要美化的势头，在自己村里搞起了一个花木场，不想竟特别的畅销，行情比原先想象的要好。于是着手扩大经营，打起了舅父杨德成的主意来。

049

岭脚村

原来，杨德成有 1.50 亩责任田，位于岭脚村边的廉一河公路靠东一侧，甥男一眼看出，这是个花木场的理想位置。位于大公路旁的花木场，既能引起广大过往客人的注意，又方便装运花木的车辆出入。便以每亩 1150 斤稻谷的年承租费承租了这 1.50 亩田，增建了一个花木场。并且聘请舅父杨德成管理这个场，月工资还不低，比外出干"泥水"强。这是 1986 年的事。1988 年，已经拥有三个花木场的外甥忙不过来，便把这 1.50 亩花木场转让给舅父经营。于是，岭脚村破天荒有了一个花木场，杨德成成了该村第一位花农。

俗话说，会干不如会碰。杨德成经营花木，在时机上的确"碰"个正着，因为上头要求，整个廉江市要做到"绿化达标"。要知道，廉江市拥有 100 万人口，23 个乡镇，都要按照一个"标准"绿化起来。这个任务该有多大！该要多少花草树木！杨德成撞在这"风口"上，真个想穷都难。到底"发"了多少？杨德成说，农村人搞个体不习惯设账簿，这许多年了，已经记不清了。只给我提供二起"参照物"。想到物理学上判断物体是否在运动也有个"参照物"，于是心领神会，以此推测他的大体收入。

其一，他建了一栋二层楼房，每层 275 平方米，以中线为界，两个儿子各居一半。总造价 20 万元。

其二，他原来那个 1.5 亩花木场，已经发展成为两个大花木场，每场占地 10 多亩。两个儿子各得一场，让他们各自经营、发展去。而杨德成老两口已由"必然王国"进入了"自由王国"，在优哉游哉地过着休闲日子。

在杨德成的带动下，岭脚村共有 10 户人家办了花木场，经营花木生意，收入可观。全村 160 户，花木户占的比例不大，但是他们占的耕地面积可大了。岭脚村原有耕地面积 400 多亩，"分田到户"至今，家家户户建楼房用去一部分耕地，剩下的 300 多亩，花木场占去了一半多。对岭脚村来说，这花卉业确实是个举足轻重的大产业。

那么，岭脚村剩下的 150 个非花卉户，他们的日子是怎么过的？

这不是一两句话能够说清楚的。他们把大部分责任田出租给村中的花卉户办花木场，从中收取地租（每亩年租1150斤稻谷），解决了一家人的吃饭问题。这是非花卉户一项长期而稳定的基本收入。此外，非花卉户大批富余劳动力如"八仙过海，各显神通"，各人自找门路搞"创收"，有外出打工的，有跑运输的，有做小买卖的……五花八门，不一而足。岭脚村此类"活性"收入多的难以统计。

各个非花卉户还有少许责任田。他们瞄准拥有13万人口的廉城市场，选准项目，高产出，高收入。例如村长杨炳友家剩下的7分责任田，其中种蕹菜4分地，年收入4000元；另3分地种韭菜，每收割一茬700斤，每斤价0.70元，得款近500元；一年至少收割11茬（最多12茬），得款五六千元。二项合计上万元。

近年，村长杨柄友又带领村民向荒山进军。位于岭脚村背后的塘山岭，有一部分岭面属于岭脚村所有，预计可辟出400亩面积，让村民承包种荔枝，每亩年承包费80元。目前已经开发了100亩，种上了优质荔枝4000株。其中村长杨柄友承包了3亩，种上名优荔枝蜜糖罂100株。这是他专程从石角镇木马村购回的上好新品种。过不几年，岭脚村又将"冒"出一个新"业"——名贵荔枝业。

中国农村传统的"业"，原本是单一的，僵化的。而如今，岭脚村人依仗新时期的市场条件，凭风借力把这陈年老皇历完全给翻了个转，变得多样化，灵活化，多门路发展经济，多渠道增加收入了。

春花墩村

【导读】 该村有两大特点：一是大种『北运菜』，全村脱贫致富；一是台湾亲属比较多。

这春花墩村，我走访过多次，花了好些时间，接触了不少人。村中的自不必说，就连一些外出工作的春花墩人，我也登门造访了。最突显的一次采访，恰巧赶上村上召开家长会议，各户家长一边开会，一边一个个轮流着出来给我介绍情况。经过综合、梳理，我觉得，春花墩村有两大特点，一是大种"北运菜"，全村脱贫致富；一是村中的台湾亲属比较多。但是，行文于此，我却从村子的方位说起。

春花墩村位于廉城市区之南端，是廉江市石城镇山寮村委会的一个自然村。与市区北面的岭脚村遥相呼应。而联结两个村子的是市内的一条主要通衢中山路。这中山路宛若一轴，而春花墩村、岭脚村则成了该轴的南北两极。两极之内是城市，两极之外是农村，而且都是石城镇治下的子民村。

春花墩人清楚记得，这中山路原也是石城镇的领地，宽畅厚实的水泥路下压着美好的园田，还有那拆迁了的旧村场。改革开放了，城市在扩大，农村在缩小，廉江城内于是有此中山路。打那以后，春花墩人每每走过沧海桑田中山路，都仿佛听到时代的某种召唤。

春花墩人清楚记得，他们迈出"改革开放"第一步有多艰难。1981年，廉江县各公社在相继"分田到户"，石城公社书记却说，坚持社会主义方向，决不分田到户——走回头路！慷慨激昂之态可掬。可是，历史快车一个转弯，便把他给甩了。石城公社总算于年末搞了家庭联产承包责任制。

这土地呀，似乎是二次还家，激发了人们巨大的生产热情。谁都在想让自己的责任田发挥最大效益，从高产出中获取高收入，早日过上好光景。

春花墩人在努力奋进，勇敢追求，为了那迷人的梦……

可是，"几处早莺争暖树，谁家新燕啄春泥？"

春花墩人清楚记得，是梁应静家的。

梁应静，男，1937 年生。在自己村中念完初小，于 1950 年到邻村念了高小五年级一个学期，便缀学家来种田。合作化之后，一直在合作社、生产队里当记工员。出乎人们意料的是，改革开放年代，他竟成了春花墩村第一个种"北运菜"一举成为"万元户"而备受瞩目的人，成为当地一位抢滩富裕的先行者。

所以说"出乎意料"，因为他梁应静是个普通人，一个普通得不能再普通的庄稼人，为人老实，性情平和，同他的名字一样，"静"得出奇，一棍子打不出个屁来。再说，他们夫妻俩长期患病，三个儿子正上学。过去靠集体，这会儿"分田到户"了，你又靠谁去？因此有人酸不溜秋说，如今分田到户，梁应静一家不饿死才怪。

梁应静夫妻俩的病是这么回事。1958 年大办水利，梁应静在工地上连续奋战了两年，"山冈当床，草坡当席"，染上了个风湿病，需要长期服药、治疗。作为一个农民，没得享受公费医疗，他为"公"修水库染上的病，就得全靠自己想办法医治。而妻子阿英嫂的病，是因为头次坐月子得了个"产后风"，也留下点儿后遗症，时不时会头晕脑痛的。两口子的身体状况，让他们遭遇了许多波折，历经了许多磨难，而沉淀下来的却是一种精神——一种中国农民敢与命运抗争的不屈的精神。搞了承包之后，这个被人断言将会"饿死"的"问题家庭"，实际情况竟然是"面包会有的，一切都会好起来的"（电影《列宁在 1918》中列宁的演说词）。

原来，梁应静曾经常到良垌公社请一位民间医生治病。医生隔壁有位经营辣椒的农户，主要做的辣椒种子生意，责任田里也种些辣椒作"广告"，以证明他的货是好货。梁应静跟他一来二往，由相识到相熟，成了很要好的朋友。这位"辣椒农户"很同情梁应静的景况，给他介绍了种辣椒的技术，讲明辣椒市场的行情，还承诺为他提供优质种子，让他好生发一笔辣椒财。

为此，梁妻阿英嫂专程赶赴湛江湖光农场向大姐借来100元钱，买回了辣椒种子。1985年晚稻收割完毕，夫妻俩着手办田下椒秧，不日移植大田。梁应静一家五口，共分得5亩责任田，全都种上了辣椒。这简直是毕其功于一役！有人打趣说，梁应静家除了床底下，啥地方都种上了辣椒。

悉心管理，尽情呵护，梁应静的辣椒长势甚好，一派蓬勃向上的景象。次年春开始摘椒上市。中山路旁有好些个"北运菜"收购站在收购"北运菜"。梁应静的辣椒属"北运菜"中的重要品种，收购价一直稳定在每斤5角钱的价位上。

梁应静的5亩辣椒共7块地，从第1块地起手摘椒，依次摘到第7块，转过头回到第1块时，在那满地的椒苗上早已挂满了成熟的新椒，又要开始第二轮的采摘了。如是周而复始，滚动增收，其乐无穷。

进入盛产期，梁应静上午摘了一车辣椒600斤，卖得300元；下午又是一车600斤、300元。一连好些天，天天如此。那阵子，阿英嫂天一亮就得下地摘辣椒，整天不回家，让人送饭到田头；大儿子专跑运输，开头用的双轮手推车，后来运输量增大了，赶紧安装一辆脚踏三轮车；梁应静一面协助妻子摘辣椒，一面忙着买肥料、农药，每摘一轮椒，都要施肥、喷药的；大儿媳在家带小孙子兼做饭。这辣椒也真够"辣"的，它让梁应静一家人都"火辣"起来。

梁应静的辣椒质量实在太好了，椒多，个大，结椒期特别长。别人家种的辣椒等"北运菜"，一般不影响当年两造水稻生产，而梁应静这趟辣椒从开春开始摘椒，一直摘到端午节，耽误了当年的早稻生产。回头一算，辣椒亩产高达5000斤，5亩面积，共得款12000多元。梁应静多年的梦想，终于变成了现实。石城镇政府即来人"贺富"，奖给梁应静一件文化衫作留念。礼物轻微，却能够彰显出这个"问题家庭"的尊严与毅力。

一个平凡的庄稼人，给人间留下了最美的平凡。

春花墩人清楚记得，在梁应静的影响下，全村掀起种"北运菜"的热潮。种植面积之大，同晚造的水稻面积相差无几。仅此一项，春花墩村户均收入上万元。

春花墩人还清楚地记得，村中几户台属心里都有个解不开的台湾情绪。

春花墩村共有 5 户台属。其中一户是"国大代表"，随蒋政府撤到台湾去的；其余 4 户，是国民党俞英奇的先头部队败走台湾、途经廉江时，从春花墩村拉伕去的。而俞英奇本人，慢吞吞地走在大部队后面，被及时赶到廉江的南下大军活捉了。村里的五户台属，本文只提及其中的 3 户。

这"国大代表"有个二弟名叫梁应柳，至今仍在春花墩村生活着。

梁应柳先生告诉我，1951 年土改时，他家本被划为中农成分的，后来发现他大哥是"国大代表"，并且已经去了台湾，便于1953 年土改复查时改为地主成分。梁应柳本人被送到内蒙古劳改，至 1971 年释放回家务农。

"莫道桑榆晚，为霞尚满天。"1982 年，梁应柳快 60 岁时，娶得一位 31 岁的黄花姑娘为妻，61 岁喜得一子；68 岁再得一子。如今一家 4 口，乐也融融。

梁应酬（化名）的兄长被拉伕去了台湾，家庭成分亦被划为地主。其时，梁应酬正在廉江中学念初一，他不敢、也不好回家了。没有了经济来源，吃饭是个大问题。南下大军驻扎在廉江，他便到营地去捡些剩饭，晒干了慢慢吃。平时则靠同学施舍一顿、半顿的。他就这么枵腹单衣、艰苦度日，熬过了一个学期。实在撑不下去了，便要求校长介绍他教书去。该校长姓李，为人很好，也很有威望。廉江县教育科看到李校长写的介绍信，便把他梁应酬安排到偏远的乡村教小学。

1958 年，全县小学教师集中到县城开会，帮助伟大的党整风。梁应酬积极响应，写了好些大字报，结果被整——把他打成右派。地、富、反、坏、右"黑五类"，梁应酬独占其二，怎一个"黑"字了得！

对梁应酬说，1958 年是多事的一年。正是 1958 年，他领了结婚证，办了喜事，妻子也是一位小学教员；正是 1958 年，他被打成右派；正是 1958 年，他被遣送回乡生产；也正是这 1958 年，他的长子降临到这多事而不幸的家庭。好事、孬事一起涌来，梁应酬心里好像打翻了个五味瓶……

教训是深刻的，沉痛的，自己吃苦受罪倒还在其次，最糟的是拖累了妻子、儿子。妻子是个人民教师，跟他有个"划清界限"的问题，稍不留神，连她的饭碗也会打倒的。梁应酬只得小心行事，好好劳动，认真改造，以祈保平安。

所幸的是，春花墩村的父老乡亲对他还好，没把他当右派看待。当时，山寮大队的党支部书记正是春花墩村的一位大姐担任。1960 年，梁应酬向书记大姐提出"摘帽"要求。书记大姐召开党支部大会，认真讨论、研究。鉴于梁应酬的具体表现，全体党员一致同意为他摘掉右派分子的帽子。

梁应酬这个书呆子，竟把这当真了呢。高兴之余，进而要求书记大姐让他出去教书。书记大姐笑着说："教什么书！人家不知底细，还会把你当右派的。"

梁应酬这才明白，一个大队级的党支部，是无力为他摘帽的。也真难为书记大姐和该支部全体党员了。

1962 年，梁应酬的第二个儿子出世。妻子的一份工资难以应付三口之家的日常开销，只好把二小子送到广州他舅父家寄养、寄读。这景况，同北宋诗人陈师道极其相似。陈师道无力养家，只好让妻子和三个儿子跟着到四川做官的丈人过日子。

1979 年拨乱反正，平反冤假错案，梁应酬得以平反，复了原职。二十一年来，一家四口人从不能在一起过过日子，如今竟然要走到一起了。这不是做梦吧？他不禁想起陈师道写的《示三子》一诗：

> 去远即相忘，归近不可忍。
> 儿女已在眼，眉目略不省。
> 喜极不得语，泪尽方一哂。
> 了知不是梦，忽忽心未稳。

梁冰，父亲离家去台时已经出世了，只是尚未"出月"。自此，家里只剩下爷爷、奶奶、母亲和他，还有二位姑姑。年轻的母亲不嫌弃这个被划为富农成分的家庭，不忌讳担个"富农婆"的恶名，一直坚持着守活寡，"抚孤成立，甘苦备尝"（见毛泽东给李淑一的回信）。显示出中华民族传统女性之高贵品质。

梁冰递给我一本《梁氏族旅台家谱》，为其父梁光手撰。由是得悉：梁光，1949年毕业于廉江县立安铺第二中学。来到台湾后，于1965年6月20日与林桂兰女士结婚，育有二女一男。时至1987年，在蒋经国先生主持下，台湾的两岸政策有所松动，规定凡有亲属在对岸的普通民众，均可回大陆探亲、团聚。打那以后，梁光曾先后回乡四次。春花墩人清楚记得，其中第三次偕台湾家人一起回来，一个家庭的两个部分终于得以会合、团聚，奏响了台海两岸血浓于水的亲情的最强音。一如《旅台家谱》之结尾所言：务望后世，人人亲其亲，子其子，父慈子孝，兄友弟恭，家庭和睦，则万事兴焉。

谢鞋村

【导读】 村官杨新，带领村民做了田里的『文章』，接着又做了山上的『文章』，取得了『前歌后舞』的政绩，便告老还家。给自己的人生画上了一个完美的句号。

转弯抹角，我来到廉江市石城镇谢鞋村采风。

谢鞋村的特点是，山美，人更美。

谢鞋村的山美，就"美"在数量多。除了谢鞋山，还有太平岭、高山岭、公庙岭、沙板岭、上横岭和上塘岭。全村190户，920口人，散居于各山脚之下。山与山之间是该村的大片耕地，面积460多亩，人均仅半亩。然而，山地面积竟有一千多亩。这便注定了该村要向山上进军，开发荒山。这是后话。

谢鞋村的山美，就"美"在有个古怪的名字——谢鞋山，山下的村子也叫谢鞋村。什么不好谢，偏要谢一双"鞋"，这到底是怎么一回事？

原来，这村名最初叫茨桐根村，位于廉江市区东6公里处；村子东头的谢鞋山，原名叫狮子山的。村人全姓杨，其始祖由福建南迁至此。至第五世祖杨钦，为明永乐进士，官至翰林院编修；因有功于朝廷，幸蒙皇帝赐鞋一双。为感浩荡皇恩，遂改名谢鞋村，那座狮子山亦改名为谢鞋山。

谢鞋村的山美，主要"美"在谢鞋山上。提起谢鞋山，那可不是一座普通的山。1958年前，谢鞋山占地1200亩，主峰海拔107.8米。山上有个野生荔枝林群落，林中有10多个鲜为人知的野生荔枝品种，此外，还有黄橄榄、黑橄榄、磨荔子、芒果等众多的珍贵野生果类植物。钻进山里，只见古树参天，而且多半是荔枝树。树干挺拔高大，一般要二人方能合抱；枝繁叶茂，遮天蔽日，虬枒横穿斜伸，相互穿插交错。沿着枝丫，可从这棵树爬过那棵树，又从那棵树爬过另一棵树，直至爬遍整个树林。飞禽走兽数不胜数。满山的飞鸟，为数最多的是八哥。还有地上跑的、树上爬的如黄猄、白额猪、山龟、穿山甲、山猫、果子狸……谢鞋山是廉江乃至雷州半岛仅有的一块原始森林，风景秀丽，空气清新，既是个很好的旅游胜地，又具有很高的科研价值。年间有不少游人前来浏览、观赏。谢鞋村亦因此而闻名遐迩。

谢鞋山的美，还"美"在它是个聚宝山。谢鞋村杨姓族人年间举行的扫墓、祭祖活动，均由山中之产出开销。从古到今，历年如此。谢鞋山中之产出，主要是野果如荔枝、黄橄榄、黑橄榄、磨荔子、芒果等等，都是些能卖钱的山货，其中黄橄榄、黑橄榄还可以通过加工而增加其附加值。谢鞋村每年举行一次明码包山活动。村集体得到包山费，包山者则把山货推向市场获利。

这谢鞋山还有一层"美"，那就是人为因素造成的维纳斯式的"残缺美"。

首先是1958年的大炼钢铁运动。发动广大群众依靠木炭烧土高炉炼钢，这便使得谢鞋山必须为此做出"贡献"，付出代价。城南公社（石城镇的前身）组织一个600人的烧炭队，进驻谢鞋山。山周围都被挖了炭窑，日夜伐木烧炭。此外，还有一个30人的木工队，日夜砍木造风箱和手推车；这土高炉就靠这人力拉动的棺材形大风箱鼓风；那沉重的铁矿石，就靠这手推车运送，二者不可或缺。

这是经济上的一场政治运动。运动当头，势不可挡，一切不同意见都被视为"右倾"。不管树木有多高大、粗壮，也不管它有多古老、珍贵，一律要"顺山倒"。经过烧炭队和木工队的一番番折腾，谢鞋山只剩下一些胳膊般粗细的小树木，稀稀疏疏的，看了叫人好不心酸。谢鞋山上的原始森林，从此变成了次生林。

其次是1974年的大种"反修蔗"。用当时的话说，是国际上的修正主义者在作祟，搅得我们国家的食糖异常短缺。因此，党决定大种"反修蔗"；为了不与粮食争地，提出了"甘蔗上山"的口号。一提到这"山"字，谢鞋山又一次首当其冲，山周围被开荒种上了"反修蔗"。远远望去，谢鞋山好像被理了个"高脚发型"。原有的1200亩林地，仅仅剩得500亩了。谢鞋村虽然每年还有个包山活动，但是，谢鞋山上的产出已大不如前；包山费也比以往少了许多。

中国过多的政治运动曾在中国文学史上留下一个"伤痕文学"时期。至于谢鞋山，历史也毫不吝啬地给它留下道道伤痕。

提起谢鞋村人之"美"，可要牵扯到我的采访对象杨新了。以上关于"山"的种种情况，便是谢鞋村原住民杨新给我介绍的。他原是谢鞋村党支部书记，刚从领导岗位上退下的。有此共同经历，我们俩很谈得来。杨新还给我谈了许多别的事情呢。

杨新，1941年生，家有父、母、大哥、二哥和他共5人。3岁时，父亲不幸过世。家里穷得揭不开锅。为办丧事，母亲决定忍痛卖去一个儿子——三个儿子中任其选一。同房有个兄弟只生了二个女儿，正缺子嗣，便拿出3担稻谷办了杨新父亲的后事，然后把杨父最小的儿子杨新领回家去。用杨新自己的话说，他这是在卖身葬父。

记得小时候观看古装戏剧时，曾从舞台上见到好些个卖身葬父或葬母的孝儿或孝女，景况何等凄凉！不想今天竟能见到现实中卖身葬父的人……我不敢往下想了。

1948年，7岁的杨新入学读书了。第二年，养父花了16担稻谷在邻村为他订了一门亲事，女方也是八岁，二人同庚。这大概是中国历史上最后一批"娃娃亲"了，因为全国解放之后，新政府反对"娃娃亲"，接着出台了个《婚姻法》，人们便不兴这一套了。杨新赶上的是一趟时代的末班车。

不幸的是，养父于1952年谢世，年仅47岁。1954年，杨新初小毕业后以优异的成绩考上了廉江县第一高级小学，但是，由于家道中落，他只得辍学回家种田。

这时，谢鞋村正开展互助合作化活动，又是互助组，又是合作社，大集体，够热闹。生产连年获得好收成，社员们的生活一年好似一年。谢鞋农业合作社的集体积累日见殷实，加上谢鞋山上丰厚的自然收入，谢鞋村便成立一个业余粤剧团，以每月70元的高薪聘请一位名师前来教习。

提起民间学艺，你也许听过这样一个故事：有个"老倌"专演"山大王"一类角儿的，自己没有文化，又不肯下功夫记台词，一出场便乱唱道："大王唔食辣椒酱，餐餐芽菜炒猪肠。"杨新可不同。他是个活跃人，悟性好，又有点儿文化基础，加上一股勤学苦练劲儿，真是越学越有门道。才那么年把时间，吹、弹、拉、跳，武打，文唱，样样拿得起、放得下。用他自己的话说，在戏班里，他是个"大老倌"，而不是那种"一走走前面，一站站两边，一'死'死最先"的"跑龙套"角儿。

巧不可阶的是，正当谢鞋村业余粤剧团能够登台演出之时，就赶上湛江专区大办水利，在廉江县河唇公社修建一座大型水库——鹤地水库，开凿一条直贯雷州半岛的青年运河，需要20万民工上场。谢鞋村的业余粤剧团一下子升格为城南公社粤剧团，开赴水利工地，长期为民工演出，鼓舞士气。

剧团人员享受民工待遇，每人每天供应一斤半大米。此时，中国进入了"三年困难"时期，家里人在食堂里没有吃的，有的人已经水肿了。剧团的任务就是演出，没要求干繁重的体力劳动。大家伙一合计，团里便决定：每人每天节省半斤大米帮补家用。1959年的11、12两个月份，杨新共节省了30斤大米。1960年，刚满20虚龄的杨新，就凭这30斤大米，把那位"娃娃亲"媳妇给娶回了家。

1962年，杨新回到谢鞋生产队当会计，1966年"四清"运动加入中国共产党组织，并兼任谢鞋大队民兵辅导员、毛泽东思想宣传员，1969年出任谢鞋大队团支部书记。当时，一个大队共有4名脱产干部：支部书记、副书记、大队长和会计。而团支部书记、民兵营长、妇女主任和自保主任合起来，顶一名脱产干部。因此，人们把杨新这个团支部书记称为"四分之一"干部。

杨新于1975年出任谢鞋大队会计，成为一名全脱产的"四分之四"的大队干部了。他工作不错，账目清楚，财务制度明确而规范。譬如说，开会吃饭，按规定吃3角钱的，已经吃了4角钱了，这位财神爷便要你个人掏腰包1角钱，毫不含糊。杨新因此被评为县的先进工作者，在廉江县召开的表彰大会上介绍了经验。

1978年，天降大任于斯人——杨新出任谢鞋大队党支部书记；改革开放后，继续任谢鞋管理区党支部书记、谢鞋村委会党支部书记。此时，政策宽松，环境好转，"上级领导"开始注重抓经济了。

1985 年，石城镇政府率全镇 25 个管理区的党支部书记，到本省高州县参观香蕉生产。杨新参观回来，立即带领本管区群众到本镇流江管区购买香蕉种苗。杨新自己就买了 500 株蕉苗，种了 2 亩地。谢鞋村有 6 户人家被发动起来，跟着杨新种了香蕉，其中一户是杨新的同胞大哥。其余几个自然村也只有个别户跟着种。因为是刚开头，敢于吃螃蟹的人，就只这么些。

杨新的香蕉长得还可以，每梳蕉平均重 29 斤，500 株苗共收 14500 斤，每斤平均价 4 角钱，得款 5800 元。此外，每株蕉树根部有 6 个蕉芽（种苗）可出售，值款 3 元，这又是 1500 元的一笔收入。两起相加，杨新的 2 亩香蕉共得款 7300 元。

杨新平日忙于政务，对香蕉的管理不够，收入上并不怎么样。而所有跟着他种香蕉的人，其收入都比他好。杨新的胞兄，同样种的 2 亩香蕉、500 株苗，平均株产达 43 斤，加上蕉芽钱，总收入超过 1 万元。

榜样的力量催人奋进。在杨新的带动下，谢鞋管理区的民众不但种了香蕉，还种了北运菜。他们开始注意信息，关心市场，哪样赚钱种哪样。就说谢鞋村吧，凭着香蕉和"北运菜"两项，一般农户的年收入都超过 1 万元。

杨新心里明白，谢鞋村耕地少，局限性大，经济上若要"更上一层楼"，唯有向山上发展。

杨新还清楚记得，早在 1984 年，石城镇政府组织了本镇 11 个管理区的支部书记到东莞常平镇参观荔枝生产，杨新亦在其中。由于荔枝生长周期长，技术含量高，又只少数人前去参观，结果成不了气候，而被"短、平、快"的香蕉抢了个先。如今要向山上进军，是该考虑种荔枝的事了。

1987 年，在杨新的主持下，谢鞋村和其他几个有山头的自然村，做出了发展荔枝生产的规划。谢鞋村的规划是：每户上山试种 2 亩荔枝，每亩年承包费 7 元，成功了，再扩展。

杨新领头承包了一块打过砖的山地，坑坑洼洼的，推平之后，种上一亩荔枝，一亩芒果。芒果管不好，一直没收益。荔枝有黑叶、白腊两个品种，品质一般，价钱一般。1992年正式投产，收入近千元；1995年收入3000元。自1996年后，每年收入4000元。

1998年，杨新砍掉那一亩芒果，改种优质荔枝妃子笑，今年开始投产。走了一段曲折的路，终于迎来了新局面。从今往后，就凭这2亩荔枝，杨新的年收入在1万元上下。

谢鞋村其他农户走的路没那么曲折。就目前情况，田里的加上山上的，他们一户的年收入将近2万元。

党支部书记杨新在职期间，做了田里的文章，接着又做山上的文章，取得了"前歌后舞"的政绩，为后人打下一个良好的基础，便告老还家。给自己的人生画上了一个完美的句号。常言有道："急流勇退，亦不失为英雄。"——你听！这就好像是专为杨新们说的一句话。

墩湖村

【导读】 抛秧新技术获得了增产。原先反对抛秧的人说，别说增产，只要不减产，我们情愿抛秧。插秧实在太辛苦了。

田夫抛秧田妇接，小儿拔秧大儿插。

笠是兜鍪蓑是甲，雨从头上湿到胛。

唤渠朝餐歇半霎，低头折腰只不答。

秧根未牢莳未匝，照顾鹅儿与雏鸭。

　　这是南宋大诗人杨万里写的《插秧歌》，以白描的手法，生动表现了农家插秧的繁忙与艰辛。要有个好收成，不失时机地插秧是关键。为此，全家老小齐出动，田夫、田妇、大儿、小儿……各有所司，密切配合。可是，"屋漏更遭连夜雨，船迟又遇打头风。"值此争分夺秒之际，偏又碰上连绵雨天。农夫要戴上斗笠，穿上蓑衣，好像打仗的战士，全身披挂；光插秧已经够忙够累了，还要忍受这一身重负！就算这样，雨水仍然从头湿到肩胛。农时不饶人。农夫天不亮冒雨插秧不辍，至今粒米未沾。农妇叫他歇息一会儿，吃点儿"朝餐"。农夫只顾"低头折腰"，一面不停地插秧，一面回应道："田未插完，秧根未扎稳；你要照管好鹅儿鸭儿，别让它们下田搞破坏。"好家伙！连饭也顾不上吃。艰苦劳碌，一至于此。

　　明摆着的，农活辛苦，就苦在插秧这上头，那可是脸朝黑土背朝天的活计。古代如此，现代也好不到哪里去。全国解放后，也曾有人发明并使用过插秧机，但是，终因不甚理想而不再使用。

　　插秧这玩意儿，能不能挺直腰杆，甩开膀子干？

　　能。墩湖村推行的抛秧新技术，彻底改变了几千年插秧要"低头折腰"的传统做法。

　　墩湖村，是廉江市雅塘镇陀村村委会的一个自然村。全村

248 户，1500 多人，拥有水田 900 多亩。1995 年 6 月的仲夏时节，习习阵风夹着暑气，送来一股股扑鼻的稻香。大田里的早稻，已经由绿转黄，墩湖村少数几户农家正在小面积开镰收割，掀开了一年中最繁忙季节——夏收夏种的序幕。就在这时，雅塘镇政府也正忙着召开一个推行抛秧新技术的紧急会议。

参加会议的是雅塘镇 11 个管理区（1998 年改村委会）的党支部书记和管区主任，时任陀村党支部副书记兼管区主任的黄治坤正躬逢盛会。会议内容：抛秧。即挺直腰杆、甩开膀子把秧苗抛下田去，再不用弯腰插秧了。农民"低头折腰"了几千年的插秧历史行将结束。当然，传统的"中耕除草"也将成为过去，稻田里的草将用除草剂"搞掂"。这样的会议有多新鲜、多奇特啊！好些人以一种既兴奋又疑惑的心态在听会。然而，黄治坤与众不同，心里只有兴奋，没有疑惑。他似乎有一种特殊的接受能力，通过听报告以及观看一盒广东省农业厅录制的"抛秧技术"录像带，便完全相信了抛秧技术的科学性、可行性。

黄治坤，男，1946 年赤赤条条来到墩湖村一个贫农家庭。1954 年入学读书，开始接受学校的正规教育。1966 年高中毕业，属"老三届"人物，因受"文革"的冲击，失去了升学深造的机会。1970 年，陀村大队在陀村河上建一小型水电站，利用水力发电碾米。具有良好文化基础的黄治坤，被安排为水电站负责人，长年为群众开机打谷碾米。由于服务态度好，颇得口碑。便于 1984 年出任陀村乡——此时改大队为乡，后改管理区、再改村民委员会——民兵营长兼自保主任。1988 年光荣加入中国共产党组织。1989 年，即入党的第二年，黄治坤荣升陀村党支部副书记兼陀村管区主任。笔者采访他时，他刚连任第二届党支部书记兼村委会主任。

话又说回来。抛秧会议期间，分管农业的黄副镇长找黄治坤谈话来了。"夏收夏种"在即，时不我待，为把抛秧技术落到实处，黄副镇长对他说，镇政府决定，就以黄治坤的家乡墩湖村为抛秧试点村，要求黄治坤协助镇政府搞好这个点，带动全镇农户推行抛秧新技术。接着，黄副镇长还指出，陀村管理区领导班子共 8 人，其中墩湖村占了 4 名；陀村管理区 10 个自然村 4000 多人口中，有 93 名共产党员，其中墩湖村占了 27 名。党员人数多，领导力量强，墩湖村就有条件成为镇政府的最佳选择。

抛秧会议结束了。依照惯例，各管区回去要召开相应会议予以传达、贯彻的。这当中要播放那一盒录像带。广东省农业厅录制的关于水稻抛秧的科教音像带，从浸种、播种、育秧、抛秧以至大田禾苗的管理等一整套技术规程，均有演示，边做边解说，有理论，有实践。只要是个倾心于科学的人，看了都会信服的。黄治坤回到陀村管区，忙完了"传达、贯彻"一类事务之后，立即赶回到自己的墩湖村"开小灶"：又是开大会动员、放录像，又是上门找人谈心，做深入细致的思想工作。要知道，这是镇政府"钦定"的抛秧试点村，确实是大意不得的。

要推行抛秧新技术，当然要让人家了解抛秧的好处。黄治坤就抓住这一点做文章。他把录像带的内容作了归纳，概括地指出，抛秧的好处有二：一是减轻劳动强度，免除"低头折腰"之苦；二是能够增产。

前者好理解。抛秧，不就是把一把秧苗抛向空中，继而散落在大田里，好像仙女散花，既轻松，又富有诗意。然而，后者似乎不可思议，抛秧怎么会比插秧增产？

黄治坤依据录像带的内容解释说，插秧，由于用力上的问题，把秧苗插深了，根部深埋在土里，就只能够"高位分蘖"，蘖穗短而粒少，与主穗比较，相差甚远；抛秧正相反，秧苗插的不深，可以"低位分蘖"，不仅分蘖量大，而且蘖粗、穗长、粒多，与主穗差不离儿。这是抛秧增产的主要原因。其次，插秧有个"转青期"，耽误了时日。因为插秧先要把秧苗拔起（或铲起），然后插到大田去。这就大大伤害了根系，插下田后，需历时 7 天方能转青。此之谓"转青期"；而抛秧丝毫没有伤及根系，下田后直接转青了。再者，插秧，每棵苗一般有七八株秧，而且要成行，阳光就只能够有规则地照射，夹在中间的几株秧，光照不足；而抛秧则不同。抛秧，全是单株独苗，而且无需为了中耕而成行，秧苗从空中散落田间，有如满天星斗，毫无"规则"，阳光便可"无规则"地全方位照射，光照充足而均匀。

接着，黄治坤又从录像带中撷其要点，一气讲清楚几个技术性问题。一是育秧问题。有一种特制的塑料秧盘，长 60 厘米，宽 30 厘米，内含 520 只眼。育一亩田的秧苗，需要 40 块秧盘，因为一亩田需要 20000－22000 棵秧苗。弄好了秧畦，把秧盘铺上去，往盘眼里灌满浓泥浆，撒下稻种，再往上一压，那稻种即便一一入眼；当然，难免有些许儿"盲眼"的，那也不碍事。过 15 天便可抛田。

二是抛秧问题。出手 45 度角，尽量抛高点、远点，这成把的秧苗才能撒得开。一亩田先抛 30 盘秧，留下 10 盘作补充，哪里疏，补哪里。要是面积不大的小块田，就站在田塍上抛，不但不用弯腰，还可以穿鞋踏袜呢。

还有一点是灌溉问题。农民多年形成的插秧习惯，一旦插下秧苗，立即往田里灌水。抛秧可不行，因为秧苗插不深，立即灌水，则要"翻跟斗"的，必须过了一夜，让秧苗儿扎稳了座，方可放水灌溉。

经黄治坤这么一"鼓捣"，墩湖村顿时沸腾起来了，从村头到村尾，从房前到屋后，人们议论纷纷。全村一千多人口，年龄各不相同，所受的教育和经历的世事亦大有差异，因此，好话、丑话都有人说。由于抛秧在墩湖村尚未变成现实，一时之间，好话全被丑话给盖住了。

"当官的吃饱了撑着，又在变着法子耍农民！"

"什么'抛秧新技术'？那是羞九族！"

"…………"

"…………"

黄治坤显得很冷静。他想，一向过着日出日落平静如水生活的中国农村，难得遇上几个"热闹"场面的，想不到眼下的抛秧一事竟会如此"热闹"！那就让大家伙闹腾一阵子吧，这总比一潭死水强。那些个嘲笑、讽刺、挖苦什么的，是生活中难得的高级调料，日后要成为人们最有滋味的回忆的。

吵吵闹闹中，墩湖村总算有 20 户人家实施了抛秧，其中大多数是中共党员的家庭。因为是"试验"，一般只规划少许面积抛秧。不管怎样，抛秧在墩湖村总算迈出了第一步。

黄治坤可不同。他家两夫妇、两个子女，还有母亲那份责任田，弟兄俩一人一半，一家子四份半责任田共3.7亩，全都抛了秧。往年插秧，两个孩子尚小，夫妇俩共要"低头折腰"5天时间。至第三天，腰酸腿痛，好不难受。如今抛秧，只一天半时间全"搞掂"。秧抛完了，田插满了，两手还痒痒的，似是意犹未尽，远未过瘾呢。

谢天谢地！收割的时候，墩湖村所有抛秧的水稻都增了产。农民的眼光是最实际的。他们看到：黄治坤原来插秧的亩产是750斤，而抛秧的亩产为800斤，每亩增产稻谷50斤；中共党员、墩湖村村长吴权才，每亩增产稻谷60斤；陀村党支部委员、陀村管理区农业科研组组长黄青，每亩增产稻谷80斤！真不愧为"农科组长"。

俗话说，万事开头难。有了这么个好的开头，不出两年，不单墩湖村，整个雅塘镇都普遍推行了抛秧新技术，获得了可观的经济效益。廉江市政府、湛江市政府相继前来墩湖村召开抛秧现场会，向全市农村推广这一新技术。墩湖村原先说过些怪话的人，这会儿说出了自己的心里话——

别说增产，只要不减产，我们也情愿抛秧。插秧实在太辛苦了。

此话倒说到笔者的心坎上了。笔者原也是农家蓬蒿人，读了几年书，又是偏好文科的，多少有点儿"陶渊明情调"，曾经萌生过"归田园"的念头，想过着"采菊东篱下，悠然见南山"的日子。后来，就因为插秧太辛苦，自己吃不消，为了"五斗米"，这才"仗剑去国"，踏上"仕途经济"之路的。如果当年有此抛秧技术，笔者肯定会长留桑梓，躬耕垄亩，老死林泉的。如今老了，已不能求田间舍，只能够为当今农民有幸享受如诗般的抛秧作业而平添一份欣喜了。

山祖村

【导读】作者：我感觉到了，山祖村有一股文化气息，在渗透着我身上的毛孔。

红 5 月中的一天下午，我接到一个电话说，明天上午 8 时半，在迎宾馆会议室召开"关工"工作总结暨表彰大会，要我届时到会"指导指导"云。虽是客套话，语气倒挺恳切的。

这"关工"一词，平时极少听说过，又是紧缩语，电话上一闪而过，像是耳边风。因而说道："我都退休了，还开会？"

"正因为退休了，我们这才请你呢。"

我如约躬逢盛会。人似乎已经到齐了，会场 400 多个座位，已座无虚席，济济一堂的。主席台头顶上，悬挂着一条横幅："廉江市关心下一代工作总结暨表彰大会"。台上坐着原廉江县县长、原廉江县人大主任、原廉江市人大常委会主任和原廉江县政协主席等人。他们原都是我的老领导、老上司，如今已是廉江市关心下一代工作委员会的主任、副主任之类的角儿了。当然，在主席台上就座的还有现任廉江市委副书记、市委宣传部部长等人。退下来的人，总离不开"台上人"的支持啊！主席台下，多半是比我早退休或者同我一起退休的一大帮子老"同僚"。当然也还有些市直机关现职领导干部和乡镇、村委会的领导干部杂以其间。

我这才知道，原来我们这帮子老家伙退休之后还有些事做，而且还是挺重要的事。要知道，这下一代，可是祖国的未来，人类的希望啊！

会议头一个议程，总结廉江市"关工委"过去两年的工作成绩。《总结》说，廉江市关心下一代工作委员会于 2000 年 6 月 8 日正式成立，至今快两年了。在廉江市委的有力支持下，各镇、市直机关和中学（含中专）相继成立了"关工委"组织；接着，广大村委会和中心小学，也相应成立了"关工小组"。截至 2001

年底止，"关工"组织网络已纵横覆盖了全廉江市。

会议的另一个议程是，受表彰的部分先进单位和个人，上台介绍经验。与会人员觉得，河唇镇山祖村的介绍特别感人。

河唇镇山祖村，地处廉江市北部。巍峨而延绵的山祖嶂，由东而南拐了一个弯儿，弯儿里山峦重叠，流水四泻。苍翠葱茏的树林，依山势一层高过一层，高耸的山弯儿因此显得磅礴而富有生气。山祖村就坐落在这高山流水的弯子里。村子前面是一大片"希望的田野"。

山祖村分上山祖村、下山祖村两部分，居住着清一色的谢姓人。全村3501人，35岁以下的青少年1298人，占37%。其中：外出打工333人，占25.7%；留守家乡务农种果的162人，占12.5%；读书的720人，占55.5%；辍学的83人，占6.4%。每年都有一批初中毕业生考不上高中、高中毕业生考不上大学的青少年离开学校，加入到村中的务农行列。

留守大本营的这帮子人，在工余农闲之时，无事可做，而村上的文化生活又那么单调、乏味，只能够打打牌过日子。为了寻求刺激，竟从玩牌发展到赌博，以赌消闲。前年春节前后，由于内外赌头勾结，各路打工大军回归，赌风更盛。村头村尾开赌场，周边村庄也有不少人前来参赌，山祖村便成了人来人往的赌博村。村风日下，偷鸡摸狗的事时有发生。更有甚者，个别青年竟然吸起毒来。

就在此危难时刻，河唇镇关心下一代工作委员会宣告成立，原省政协委员、原省供销总社主任、现已退休回山祖村老家闲居的谢永强，当了该会顾问；山祖村委会也成立了关心下一代工作小组，该村党支部书记谢绍义任组长。这会儿，顾问和组长坐到一块来，探究山祖村下一代人的问题。谢永强不无忧虑地说："绍义呀，村中的青少年管不好，又赌、又偷、又吸毒，村风日差，不单败坏了山祖人的声誉，还会害党、害国呢。"

他们俩议定，在党支部领导下，山祖村关工小组大力开展禁赌、禁毒活动。关工小组利用各种场合，宣传赌博、吸毒的危害。组长谢绍义说的好："十赌九贼；吸毒害己、害人、害国家。不把赌、毒禁绝，村无宁日，民无宁时。"

具体做法。一方面，把村中的吸毒者、赌头集中办学习班，进行面对面的教育；另一方面，关工小组主要成员分工结对包教。例如，村中的三名吸毒者，由关工小组三名主要成员、共产党员分别与之结对，一包到底，直至戒掉毒瘾为止。同时，召开全体村民会议，制订村规民约：禁止吸毒，禁止赌博——包括"娱乐性"变相赌博。

很快，山祖村成了无赌、无毒、无偷的"三无"村，一举成为廉江市的文明村。

然而，枯燥而贫乏的文化生活，始终困扰着广大农村青年。农村这块阵地，先进的文化思想不去占领，腐朽、没落的意识就会抬头。山祖村的"下一代问题"，本就出自于此。眼下的市场经济大潮惠及了广大农村，从物质方面看，人们的许多梦想已经实现，但是，人们不妨扪心自问，我们在"获得"的同时，我们又失去了什么？中国之伟大，当首推文化。要巩固山祖文明村，做到村风日好，长治久安，你就不得不去面对"文化"这个苦涩的话题。

为此，谢永强个人出资建起一栋200平方米的"培英文化中心"，意为"培养文化精英"，为山祖村青少年提供了学习科学文化知识和开展文娱、体育活动的场所，大大丰富了村中的文化生活，营造了一个美好的山祖村精神家园。

会议结束之后，我心里一直不能平静。老是想着山祖村的大变化，老是想到村中去感受一下那里的文化氛围。

在此之前，我曾走访过一些农村，写了一些文字，都是些物质文明方面的内容的。山祖村则不同。那可是精神文明方面的内容啊！我无论如何要到山祖村看看去。

可是，我来的也不是时候。谢永强已经回广州那头家去了；谢绍义出差办事去了；三名戒毒者，两名外出打工去了，在家的一名，好说歹说都不愿意接受我的采访。我表示理解，也不勉强他了。剩下的事，就只有看看"培英文化中心"了。

培英文化中心位于村子前沿，面对着那一片"希望的田野"。

一幢三层洋房，配上很是得体的围墙，当中的院子便显得宽敞、亮堂。围墙大门口那块"培英文化中心"的牌子，也显得异常的醒目。

接待我的是该中心的义务管理员谢启有，一位退休还家的老干部、山祖村关工小组成员。他介绍说，文化中心一楼设广播室、图书室、阅览室等。广播室主要转播中央台、广东台的国内外新闻节目，每天早、午、晚广播三次；图书馆藏书10270册；阅览室有13家报纸和30多种杂志，其中《家庭》杂志成了最受欢迎的读物。此外，文化中心二楼、三楼还有电视室、卡拉OK室、乐器室等；庭院里还有桌球、乒乓球台。门类不少，设备上乘。这些玩意儿让农村青年把单调乏味的日常劳作和丰富健康的文化生活结合起来，日子过得有滋有味。

我的注意力自然集中在"图书"上。到底有多少人读书？都读些什么书？谢启有从抽屉里拿出一大沓"借书登记表"，一面让我看，一面介绍说，这借书的，有回乡的青年，也有在校的学生，还有少数的外镇人。例如，吉水镇有个青年读者，一次借书较多，一下子交了按金100元。光是今儿个5月份，前来借书的达200多人次；借出的书籍达2000多册。

从借书登记表上看，多数是些种养方面的实用科技书籍，诸如养鸡、养兔、种果、种菜之类。此外，便是文艺书刊如《风流有价》《人生》《黄花儿》《故事会》，还有《父母必读》《健康大视野》等等，等等。

突然，我看到一张借书表上写着《沉沦》一书，不禁一惊：在这满是"下里巴人"的农村世界，竟也有人涉足"阳春白雪"？再看落款一栏，借书人名叫王爱娇。谢启有告诉我，她是从江西那边嫁过来的媳妇。我便决意要会会她。

说实在的，王爱娇的新家并不富裕，三间瓦房，中央一间是厅，两边是耳房，房门都朝厅开。农村人管这种结构叫"一座屋"。房子比较陈旧了，但仍很结实，大概因为新婚吧，整座屋粉刷了一番，显示出点儿新意来。厅内除了一台黑白电视机，就没什么摆设了。只见屋内拾掇得干爽洁净，整齐有条，透露出女主人的精明与勤快。

听说有客人，王爱娇从耳房里出来，顶着个高高隆起的大肚子迎接我。看来快要临盘了。《写作知识》里说，人物描写，是要提及身材的。王爱娇的身材，可以说是"中等个儿"，但是，因了这高高隆起的大肚子，倒显得有点儿矮了。我见她行动不便，赶紧搬过板凳让她坐下。然后问道：

"你娘家是江西省哪个地方的？"

"井冈山的。"

"什么？井冈山！"我几乎叫起来，不由想起"文革"时我们全身心投入的一次"运动"。语无伦次说："我去过井冈山……步行大串联……我到过茨坪，还有大小五井。"

"你到过茨坪，肯定到过我娘家罗浮村——人家都是从永新那边过来，经罗浮村上井冈山的。"

遗憾的是，我似乎没有经过她娘家罗浮村。记得当年我们是从黄坳这边上的山，又从黄洋界那边下山去，来到茅坪参观了毛主席故居八角楼，再经朱、毛会师的砻市来到三湾，参观了"三湾改编旧址"之后抵达永新的。

对不上号了，赶紧换个话题：

"你娘家现在很不错了吧？"

"那当然！"看她自豪的。"现在是井冈山市了，当然不错咯。"

一个"市级"村庄，又是革命老区，其档次的确要比普通农村高出了许多。可是，她又怎么会远嫁到这边来？她父母亲同意吗？像这样一类问题，我倒颇感兴趣了。

王爱娇告诉我，她娘家有父亲母亲，哥哥姐姐，她是家中最小的一位娇女，全家人都疼她。1994年初中毕业后，来到广东东莞打工有年。2001年5月，同来自广东山祖村的一位打工仔相识、相爱，并于当年11月份结婚。王爱娇全家人不同意她嫁那么远。但是，她说："他人好——勤快、诚实、可靠。现在的男人，有了几个钱就花心，可靠的男人不好找哇。"

说的也是。笔者长年订阅《家庭》杂志，从而知道，有的男人结婚不久就离婚；有的男人有了几个臭钱，就包起二奶、三奶来。民间就有这么一个传说，某妇人祈祷时说："请阿公保佑，别让我老公'发'那么多"；还有的男人想的是，家里红旗不倒，外面彩旗飘飘。为了一个"可靠"的男人，王爱娇不惜从井冈山远嫁到广东山祖村，确实不失为明智之举。

不过，我们还应该设身处地地想一想，一位娇女，从江西到广东，离天隔地的，全家人都舍不得她嫁那么远。她却毅然而决然地嫁过来了，这需要多大的勇气和决心！没有壮士断腕之慨，我看是做不到的。我不由想起了"问世间情为何物，直教人生死相许"的诗句来。

更为难能的是，王爱娇明知男家并不富裕，但他"勤快、诚实、可靠"，这就够了。这便符合了她的择偶要求。她深信，跟这样的人结合，能够创造幸福，建立稳固的家庭的。王爱娇所坚持的不嫌贫爱富的择偶标准，正好体现出中国最纯朴的传统婚俗观和独特的人生价值观。但愿她一生"为君痴"，"执子之手，与子偕老"。

我当然要问及他们今后的打算。王爱娇说，她男人在东莞继续打工，她家来待产。丈夫是个独子，公公婆婆对她特别好，待产期总不让她多干活。幸好村里有个文化中心，能够借点书打发日子。于是，她钻进了这人文天地。而日后孩子断奶了，她还是要打工去的。

有关资料表明，目前农村的"非农"收入占了很大比例。王爱娇夫妻俩都打算外出打工，可见一斑。

她既然议及了文化中心，我便顺口问她，看了《沉沦》之后，感觉怎么样？

王爱娇想了想，说："那个人所求的东西，'大约是求不到了'，便跳海自杀。这太软弱了。我想呀，人，还是平淡点儿好。"

此话说得多好！

郁达夫是中国著名作家，小说《沉沦》是他的代表作。书中的"他"——即王爱娇说的"那个人"，作为弱国子民在日本受到种种歧视、冷遇以至屈辱，从而造成了他忧郁、感伤、愤懑的复杂性格以及变态心理，当然远不是"软弱"一词所能涵盖得了的。但是，《沉沦》所处的时代离我们太远了，小说中"那个人"的经历，同王爱娇的生活更是风马牛不相及。因此，我们不能要求太多。王爱娇对《沉沦》能有这么点儿认识，我以为就已经很不错了。

是的，人还是平淡点儿好。

我感觉到了，山祖村有一股文化气息，在渗透着我身上的毛孔。

牛音山村

【导读】 自从有了这么一个淮山集市，平坦镇农民的生产、生活开始大变样。而最早与淮山结缘的牛音山村，仅此一项，一般农户年收入达2万元。

廉江市平坦镇琴山村委会的牛音山村，大量种植淮山发了财，全村走上了脱贫致富的道路。

　　查李时珍的《本草纲目》，淮山，原名"薯蓣"，"因唐代宗名预，避讳改为薯药；又因宋英宗讳署，改为山药。""春生苗，蔓延篱援，茎紫，叶青有三尖……夏开细白花，大类枣花。秋生实于叶间，状如铃。""其根内白外黄，类芋。""极有大者，一枚可重数斤。""根既入药，又复可食。""霜后收子留种，或春月采根截种，皆生。"

　　这淮山真好，既是药物，又是食物。而作为药物，它有何功用？

　　李时珍指出，淮山是一种补药："补虚赢，除寒热邪气。""镇心神，安魂魄，补心气不足，开达心孔，多记事。强筋骨。""益肾气，健脾胃。"而且还有"美容"（"润皮毛"）功能。"久服，耳目聪明，轻身不饥廷年"云。难怪医药部门对淮山的需求量那么大！而作为食物，人们对淮山的需求量更大，不仅通过深加工把淮山制成各种式样的营养品，广大黎民百姓还把它作为美味的"药膳"而经常摆在自己的餐桌上。因此，牛音山村人种淮山能够致富，也就不难理解了。

　　这么好的宝贝淮山，牛音山村人又是怎样跟它结了不解之缘的呢？

　　穿过长长的时间隧道，看到了牛音山村当年的历史真相。

　　牛音山村就坐落在牛音山上，依山势坐北向南。村子不大，仅47户人家，近300口人。其中三分之一为江姓人家；三分之二为陈姓人。牛音山是一座大山，占地近300亩，47户人家隐没在山里，"烟消日出不见人"，好似小孩子在跟你捉迷藏。好不容易发现，这头有三几户连在一起，那头又有三几家串在一块，绿树掩映下，仅露出些许儿檐头屋角。村中间更有十来户人家几乎围成个圈，圈内有个小树林，这便形成了山中有村、村中有山的特色。整个村子没有大街小巷，没有广场和空白地，除了通往村内的一条羊肠小道，房屋以外的地面，基本上保持着山林的地表原貌。

新中国成立之前的牛音山，可以说是山高林密，满山是鸟兽，其中野猪特别多。那时的牛音山村还不到 20 户人家，田里的作物经常被成群的野猪毁坏。因此，每户人家都备有一枝火枪，专打野猪。1958 年大炼钢铁，牛音山村人把这火枪都拿了去"炼钢"，受到了上级的表扬。自此，牛音山不高也不密了，成群的野猪也随之消失了。

原先的牛音山，不仅动物资源丰富，植物资源亦多种多样。其中有一种俗称"山薯"的东西，山上长了不少，村人经常挖回家煮吃，蛮可口的。其实，这就是李时珍说的"薯蓣"，是野生淮山。经过 1958 年"大炼钢铁"的一场洗劫，牛音山上的野猪等野生动物虽已绝迹，但是，野生淮山倒是还有些许儿幸存下来的。大概是 1962 年吧，牛音山村农民江华佳，吃了多年的野生淮山，便一时心血来潮，从藤上摘了几颗玲状种子，间种在自己的芋地里。他当时的心态是，"但问耕耘，莫问收获。"

结果，无心插柳柳成荫。那几条人工种植的山薯苗，有的长了一条薯，有的长了二条薯，还有的甚至长了三条薯；每薯尺把二尺长，手臂般粗细，二斤左右重。吃起来还真香。

牛音山村的野生淮山首次人工种植获得成功，显示出这一方水土的神奇性，以及牛音山村人的聪明才智。从此，牛音山村多了一种能够填饱肚子的农作物——淮山。村民们每年都在自己的自留地里间种些淮山。大势所趋，生产队也跟着间种一些儿。

有一年，大约是 1966 年，牛音山村民江华英，在山上开荒种了 2 分地淮山，拿到市场上出售，收入 300 元人民币。这可不是一个小数字。当时，一名中等师范学校毕业的合格的小学教师，月工资才 37 元，年薪不过 444 元。这 2 分地的淮山 300 元，对于仍在温饱线上挣扎着的农民来说，可是个惊天数字。江华英能够创造如此丰厚的经济收入，人们本该向他祝贺才是。可是，"四清"工作组说，他这是在走资本主义道路；那2分开荒地，则是"资本主义尾巴"，必须割掉云云。由此可见，在极"左"先生的眼里，社会主义没有市场经济，那只是资本主义才有的玩意儿。因此，淮山之于牛音山村，无论个人或集体，一直只是间种，从没有规划土地大面积种植过，更没有把它作为经济作物而大力发展过。淮山本身蕴含着相当高的经济价值，就这么长久地被埋没了。

这种现状，直到"分田到户"之后才被打破。

1981年，牛音山村分田到户，农民获得了自由，出门不用向谁"请假"了。大街上还见到有人穿红裙子、牛仔裤的，整个社会大环境显出一种前所未有的轻松与活跃的气氛。牛音山村曾有人到廉江县城赶集，见到有客商从广西贩运淮山回到廉城销售。这才意识到，一个新的淮山市场已经初露端倪，不难想象，这个市场对种植多年淮山的牛音山村具有多大的诱惑力！一幅脱贫致富的愿景，就呈现在他们的脑海里。牛音山村人一面在密切注视事态的发展，一面在小心翼翼地种点儿淮山赚点儿钱。虽然只是小面积种植，才那么三几分地，毕竟已经摆脱了间种的模式了。

要发展经济作物，必须解决市场和种植技术两大难题。当时，平坦镇本身尚未形成市场，堂堂一个镇政府所在地，街上空落落的，没有几个行人，没有几间商店，更没有集市贸易。廉江县城太远，有30多公里，淮山是个重物，运输不容易。牛音山村人只好把自己出产的淮山拿到附近的吴川县塘塸圩出售。塘塸，是抗日名将张炎的故里，是廉、吴交界的一个农村大集市，市场繁荣，贸易兴盛，素有"小香港"之称。当年江华英开荒种的2分地淮山，就是拿到此处出手的。

说来也怪，淮山在塘塸圩竟是畅销货，而且价格不菲，比大米价还要高出了好些。1987年，村民陈华种了5分地淮山，收获山薯1500斤，运到塘塸圩，以每斤1.60元之价过秤给人家，得款2400元。当时的大米每斤仅1.30元。

这个名叫陈华的，村人习惯叫他"华仔"。他是个聪明人，脑瓜子灵活，又有初中文化程度，善于思考问题。经人介绍，于1984年同广西玉林方面的一位姑娘完了婚。妻子也是个初中毕业生，名叫胡水芳。如今，他们俩已经拥有两个子女了。就是这么一对夫妇组成的家庭，在农村可以说是知识家庭。他们深知科学技术对农业生产之重要，认为只有技术上了新台阶，这经济效益才能够"更上一层楼"。于是下决心攻关，寻求突破。几经周折，在淮山种植技术上摸索出了一条路子来。

事情是这样的。

有一次，华仔出差广西办事，他从市场上看到一摊淮山，大多数都有七八十厘米长，有的甚至长达一米。整条薯直匹匹的，头尾粗细均匀，没一点儿弯曲；表皮光滑，没一处起疙瘩儿的，一副极其可爱的样儿。这对华仔触动甚大。他不禁想，牛音山村为什么种不出这样好的淮山？多年来，自己村里出产的山薯，从垂直方向看，有的只长到三四十厘米，有的还长不到这个长度，便都向着横的方向长，整条薯好似一只"鸡爪子"。同人家的相比较，差别太大了。这到底是为什么？

华仔呼吸了改革、开放的空气，似乎有了灵性，他一琢磨，就知道这是因为，地垄的松土层太薄了。

田里的表土，一般为20厘米厚；扒成地垄，也只有40厘米厚的松土层。山薯长到40厘米长，已经穿过松土层而钻到地垄下的硬底，再不能垂直往下长了，只好往横的方向长。这便成了"鸡爪子"了。

找出了原因，事情好办了。华仔就在地垄下的硬底层再往下深挖60厘米，加上40厘米厚的地垄，便是1米深的松土层。这会儿淮山可尽情地垂直往下长，再不会出现"鸡爪子"了。

妻子胡水芳也有个新发现，让她斩获了惊喜。

作为攀缘植物的淮山，幼小的藤苗长出地面，便要插上篱标，以便"蔓延篱援"。多年来，牛音山村人使用的篱标一般只1米多长，除去插入地垄部分，露出地面的高度仅1米上下。有一年，胡水芳插篱标时，其中有两枝标长达2米，"一分为二"太短，便干脆作一标插了下去。结果，这二标淮山长的特别的好。

细心的胡水芳于是发现，原来大家伙使用的篱标都太短了，不利于淮山的自然生长。经过一番摆弄，胡水芳把篱标的长度定为2.50米，除去插入地下部分，露出地面的至少2米高。实践证明，这符合了淮山藤苗的生长要求。

　　牛音山村人就按照华仔夫妇俩摸索出的方法大种淮山，结果大大增了产，亩产量都在3000－6000斤之间，并且，那山薯一般有七八十厘米长，都直匹匹的，头尾粗细均匀，没一点儿弯曲；表皮光滑，没一处起疙瘩儿的，一副极其可爱的样儿。如同华仔在广西见到的一个样。如此靓货摆在塘塮圩上，令过往行人驻足，买与不买，都过来摸一摸，问一问——这是哪儿出产的？至于专程前来收购此货的客商们，那简直是垂涎三尺！一个个围拢着争抢，尽管价钱偏高，也要把货"抢"到手。牛音山村因此出了名。

　　每当收获季节，众客商都在街上等待着牛音山村的靓淮山上市。但是，农民收获淮山，不是一次收完，而是长长短短，这回收获了其中一部分，下回又收获另一部分……总与其他农活穿插进行着。农民的活计太多了，这活计未忙完，那活计又得忙开来。因此，对淮山的收获，便是打打停停。客商可"停"不得，他们的格言是："时间就是金钱。"他们等不得农民送货上市了，1990年，塘塮方面的客商直接来到牛音山村收购淮山。

　　俗话说，人求钱难，钱求人就不难。客商们进村收购淮山，便是送"钱"上门，是"钱求人"。因而此举影响甚大，既方便了农民，又提高了客商的收益；大大激活了当地淮山种植业的发展。自1991年后，不单牛音山村，整个平坦镇的淮山种植面积都在逐年增加。

　　塘塮的客商懂得进村收购淮山，别的客商也懂得跟了进来，廉江的、湛江的、广西的，其间还有少许北方贵客。他们接踵而至。一时间商客云集，交易繁忙，生意火旺。年过一年，便自然而然地形成一个大市场，牛音山村已经容纳不下，于是来了个"战略转移"：每逢农历"三、六、九"日，各村农民把淮山集中摆在平坦镇一条街上，让众多的客商按需选购。只见买卖双方讨价还价，"斗争"激烈，时而面红耳赤，时而朗声大笑。大家都在享受着火热的市场给人带来的快感。

"天下熙熙，皆为利来；天下攘攘，皆为利往。"平坦镇的淮山集市于凌晨4时开张，至上午9时许收摊。众客商浴着晨光，一个个忙着打包、装车，满载而去。

自从有了这么一个淮山集市，平坦镇农民的生产、生活开始大变样。而最早与淮山结缘的牛音山村，仅此一项，一般农户年收入达2万元，在合力脱贫、齐心致富的画卷上留下了浓墨重彩的一笔。

石盘仔村

【导读】 这一年，他种二亩桑养蚕，收入9000元，毫不含糊地彰显出自己的精彩。一个美好的小康日子，好像就在前面向他招手……

廉江市新华镇的石盘仔村，有以下一些比较特别的地方。

村子不大，日前还是 30 户，我进村采访时，村长的长子刚刚分了家，自立门庭，这便成了 31 户。

别的村子，百十户人家，就坐落在一面山坡上，或者一个山坳里。而这 31 户人家，分别占了三个山头，统称石盘仔村。这便是该村的一处"特别"的地方。

老村所占的那座山，名叫江山，每户门口一律依山势朝南开。江山脚下，是一片稻田，东西长几百米，而南北宽仅二十多米。也就是说，在江山对面的二十多米处，又有一个山头，它的芳名叫禾草园。

这禾草园原来是石盘仔村的晒场，俗称"禾堂"。一般地说，村上有几户，禾草园上就有几个禾堂。合作化之后，原来这许多个大大小小的禾堂，已被合并为几个大禾堂了。禾草园南北两边，各有一棵大榕树，树下有浓荫，方便管晒场的人在树荫下憩息。因此，禾草园既是村中阳光最充足的去处，又是村中最荫凉的地方。在此仰望蓝天白云，那苍穹显得特别的广大、高远。

"分田到户"之后，老村里开始有人到禾草园上建房子，至今已有 12 户人家在此居住。另有 2 户人家，住在老村东面的东边环上，其中一户是老生产队长，一向寡居，如今成了该村唯一的"五保户"。

石盘仔村以老村为中心，31 户人家分布在江山、禾草园和东边环上，三个点呈三角形。村上树林葱茏茂密。

本处农村，一般是一村一个姓氏，多者也不过两、三个姓氏。可是，仅仅 31 户、150 口人的石盘仔村，竟有七个姓氏：江、邱、苏、谢、钟、杨、叶。在中国的百家姓中，它们都是名列前茅的大姓。而在石盘仔村，平均起来，一个姓氏不过 20 来人。当然，村中各姓氏的实际人数，是不能按平均数计算的。

值得一提的是，石盘仔村七大姓氏的人相处得非常融洽，从没有"宗族姓氏纠纷"一类的事发生过。

在日常交往中，彼此间只知道对方是石盘仔村人，而不大在意他姓什么。多少代了，二三十户人家不分姓氏，相互交错，穿插建房居住，并且一直相安无事。有一首歌唱道："五十六个星夜五十六枝花，五十六族兄弟姐妹是一家。"此间有人学着吟道：七大姓氏七枝花，装点石盘仔村美如画。

石盘仔村下一个"特别的地方"是，在廉江市新华镇内最早进行了"分田到户"。

人们知道，土地，是农民的命根子；社会主义集体化之后，则是社会主义大集体的命根子，是神圣得动不得其正的。是谁吃错了药，敢把这田分到户去？

这要从现任村长邱候才说起了。

邱候才于 1946 年出世时，顶上已有二位姐姐。父亲是个挑伕，身强力壮，就靠这一身力气，给人家挑重担养家糊口。邱候才 5 岁那年，父亲积劳成疾，得了赤痢病，家里穷，没钱医治，就这样眼睁睁看着他屙血致死。幼小的邱候才，还亲眼看见了那惊天地、泣鬼神的一幕：弥留间的父亲，拉着母亲的手，央求她不要拖儿带女改嫁，不要让二位姐姐给人当童养媳。悲痛欲绝的母亲郑重地答应了，父亲这才放心而去……

母亲没有食言。她贞守节操，劬劳疾力，含辛茹苦地拉扯大了三个子女。大姐的婚事还算顺利，基本上"按时"出嫁；二姐可就不能"按时"了，多少人上门提亲，她都没松口。为了母亲，为了弟弟，为了这个家，一直延至 28 岁才出嫁，40 岁便又撒手人寰。母亲到卫生院服侍她，白头送黑头，这又是肝肠寸断的人生一幕。

至于邱候才本人，9 岁入学读书，小学六年级只读一个学期，便辍学回家种田。16 岁加入共产主义青年团，当了共青团新华公社委员会委员，兼新华大队民兵辅导员，再兼石盘仔村民兵排排长。1968年加入中国共产党，旋任新华公社革命委员会委员。"贫下中农管理学校"也有他一份，在驻校的"农宣队"中，唯有他敢在新华中学全体师生面前开大会、做报告。用当地人的话说，他那一把口"铲得"。"分田到户"之后，他当选为石盘仔村村长，并且连选连任至今。然而，他自己不无遗憾地说，他从16岁开始当干部，如今56岁了，整整干了40年，就是不能脱产，成不了"吃皇粮"的国家干部。

邱候才就算有时候不当生产队长，但是，他兼职多，个别职位还比较高，加上他那敢说敢为的品性，在石盘仔生产队里，无论谁当队长，到头来还是他邱候才"话事"的。也正因为职务多，开会多，他的信息特别灵通。十一届三中全会之后，他得悉农民私人可以养牛，立即花了270元买回一头雌性小水牛，养了4个月，卖得450元，从中赚了180元。此后，他经常养一二头小牛犊"省牛边"——当地人管这叫"省牛边"。

大概是1979年吧，有一次，邱候才参加一个会议。会上介绍说，外省一些农村搞了什么"承包"，即把土地"分"（包）到户去。中央说了，这也可以试一试。

这个不同寻常的动态，别的与会者听了就听了，并不当一回事的。邱候才却不。此事在他内心深处产生了一种莫名的兴奋和冲动。他的直觉告诉他，时下的形势开始有了微妙的变化，一种新的模式即将诞生。因为现在的人民公社社员已经不像先前那样"听话"了，他们总是"出勤不出力"，整天跟你磨洋工，生产队的生产老是搞不好，社会主义集体经济老是上不去。

回到石盘仔村，邱候才加紧活动，开了小会开大会，决定"分田到户"。有位大嫂顶他说："你家有牛，就想分田；我们家没有牛，咋办？"邱候才回敬说："不分田，可以。今后我排工，你可要积极干。"那位大嫂也直言不讳地说："干队里的活，我可要看情况哩。"

那时，石盘仔村只有24户，耕牛16头。邱候才规划着：老牛和牛犊，一户一头；身强力壮的大牛，二户一头；编好了号码，各户家长抓阄定局。就这样，对现行体制已经失去耐性的邱候才，勇敢地迈出了历史性的一步，把生产队的土地和耕牛全给"分"了。

石盘仔村还有一个"特别的地方"是，种桑养蚕，奔上小康路。

在汉语词汇里，"农桑"一词与"农业"同义。《书·禹贡》中有"桑土既蚕"的记载；《诗经》中有"期我乎桑中"之句。昔日张骞出使西域走过的路，后来成了"丝绸之路"。可见中国桑蚕业历史之悠久，地位之重要，影响之深远。石盘仔村人走上一条种桑养蚕致富之路，无疑是个明智的选择。

然而，在本地广大农村包括石盘仔村在内，一向只农不桑。石盘仔村走上这条道路，似乎是一种天意。

石盘仔村有个名叫苏罗平的，1962年毕业于广东省湛江蚕桑学校，仅在本地区工作两个年头，便调到广东最北的阳山县，在那里工作了20年。1983年调回本县丝绸公司生产科任科长。经过多年的广泛实践，苏罗平深深体会到，种桑养蚕，投资小，见效快，效益大。历史上，江苏、浙江以及广东珠三角等三大老蚕区，都能过上好日子。就说阳山县吧，当年韩文公被贬为阳山县令时，曾感慨地说："阳山，天下之穷处也。"这么穷的地方，通过种桑养蚕，亦都逐渐改变了面貌。这是他苏罗平亲身所历，亲眼所见的事实。对于家乡石盘仔村，他再熟悉不过了。在"以粮为纲"的年代，那是个有名的"千斤亩"高产村。可是，村中的水田特别少。坡地可不少，而坡上除了番薯等一些廉价作物外，就没有什么值钱的产出了。水稻单产再高，也甩不掉贫穷的帽子的。苏罗平认为，如今改革开放，政策好了，允许多种经济成分同时并存，在脱贫致富的路上可以有多种选择，生活的空间前所未有地广阔起来。如果能够种桑养蚕，挖掘坡上的潜力，发挥坡地的效益，石盘仔村的经济定会如虎添翼的。

1984年的春节，苏罗平回到阔别20年的家乡石盘仔村。甜不甜，家乡水；亲不亲，故乡人。衣锦荣归的苏罗平，怀着回报一方水土养育之恩的心情，同父老乡亲谈了以上的养蚕意见。并说，廉江丝绸公司正大量收购蚕茧，价钱不菲；大家伙种桑养蚕，他负责提供种苗及技术指导。

这时候的石盘仔村，家家户户有了责任田，正想找个项目，搞点什么收入；大家伙听了养蚕的事，心里痒痒的，都跃跃欲试，可就是不敢轻易迈出这第一步。说是那么回事，就不知做起来会是咋个样。要知道，这里从来没人种过桑、养过蚕啊！当下能够迈出这勇敢的第一步的，只有苏罗平的胞弟苏广荣、堂弟苏候安以及村民邱江祥三户人家。

邱江祥当春种了两亩桑，7 月份就有桑叶养蚕了。此后，每 50 天产桑叶一批。当年共收 4 批桑叶、养 4 批蚕。每批叶养蚕一张，收蚕茧 50 斤，每斤茧平均价 4.5 元，得款 225 元；4 批蚕茧共得款 900 元。

头年养蚕，一切用具和器材都得购置，成本比较高。因此，1984 年养蚕，邱江祥仅获利 600 元。其余二户，情况相类。

600 元——一个破茧而出的惊喜！邱江祥他们从没拿过这么多钱。昨日的石盘仔生产队，虽说是"高产队"，工分值却很低。晚造，一个劳动日只值 1 角 6 分钱；早造更低，仅值 8 分钱。

第二年，邱江祥同样养这么多蚕，收这么多茧；上一年购置的设备在继续使用，成本大为下降。虽说蚕茧价每斤跌至 3 元，所获利润仍为 600 元。

此后的几年，蚕茧价一直上不去，都只在 3 元这个价位上滞留着。同时，买蚕种、卖蚕茧都要跑到廉江蚕茧站，27 公里的路程，叫人疲于奔命。至 1989 年，邱江祥等三户人家便中止了养蚕。

你这厢停止养蚕，它那厢蚕茧价连年飙升。这或许就是市场经济的怪异性。至 1992 年，蚕茧价已由原来的每斤 3 元升至 12 元。对家乡充满着眷顾之情的苏罗平，忍不住一再催促邱江祥他们赶紧恢复养蚕，说这是历史最高价，千万不要错过。可是，邱江祥他们仍不为所动。

1994 年，邱江祥他们终于恢复了养蚕业，尽管此时的蚕茧价已经下滑了许多。这回共有 4 户人家养蚕，比原先多了一户。在石盘仔村，总算带动起了一户养蚕人。

邱江祥他们在这时恢复养蚕业，原因有二。其一，原先种的桑是荆桑，桑叶小，产量低，要 1.60 亩面积才能养 1 张蚕；如今种的桑是个新品种，名叫沙 2×109 ，桑叶大，产量高，0.80亩面积便可养蚕 1 张。同时，种蚕的产量亦有所提高。原来 1 张种蚕产的种子，只有 22,000 粒；如今 1 张种蚕所产的种子多达25,000 － 27,000 粒。也就是说，如今养的 1 张蚕，要比原先的多收 3,000 － 5,000 颗茧子。原先 1 张蚕，只收茧 40 － 50 斤；如今 1 张蚕可收茧子 80 斤了。据内行人估算，如今种 1 亩桑，在常规价格之内，一年可获利 3,000 － 5,000 元。

其二，邱江祥他们获悉，如果廉江县东面的三个镇——良垌、平坦、新华，能够发展蚕桑 50 亩，就在良垌镇设个蚕茧站，就近为当地蚕农提供服务。这便中了邱江祥他们的下怀，新华镇距离良垌镇仅 11 公里，比廉江近多了。就在此时，新华、良垌的不少农民陆续前来登门求教，要邱江祥教给他们种桑养蚕的技术。为了这 50 亩目标，为了就近有个蚕茧站，邱江祥他们不但决计恢复养蚕业，还诚心诚意教给其他村民养蚕技术。

这一年，蚕茧价已由每斤 12 元下跌至每斤 8 元，邱江祥种的二亩桑，收入 9,000 元。

已经是 90 年代了，"万元户"之在农村，已不是什么稀罕事物儿。但是，这 9,000 元的年收入，同样能够彰显出自己的精彩，让你对自己的业绩充满着美感的。面对着这 9,000 元的年收入，一个美好的小康日子好像就在前面向你招手。故此，石盘仔以及周边村庄的养蚕户在逐年增多。1997 年，廉江丝绸公司在良垌镇设了个蚕茧站。此后，当地的养蚕业发展得更快。至 1999 年，石盘他村的农户全都种桑养蚕了，多则五六亩，至少也有二亩。就靠的种桑养蚕，石盘仔村人告别了昨日的贫困，在做着明天的好梦。

村长邱候才，是 1997 年开始养的蚕。初出茅庐，没有经验，所种的二亩桑，连皮带毛就只得 2,000 多元收入。第二年，有了点儿经验了，收入近万元。于是开始扩大生产，一共种了 4 亩桑。2000 年，蚕茧价涨至每斤 9 元，邱候才便狠"发"了一把，收入 2 万多元。

就在这一年，邱候才的妻子得了胆道结石病，住院时间比较长；换了两家医院，这才动了手术，整只胆被切除，总共花了2万多元。用村长自己的话说，养了一年蚕，救了老婆一条命。

思前想后，邱候才感慨良多：如果当年有今天这样的经济收入，他父亲的病肯定能够治好，他二姐的病也同样能够治愈的。尤其是二姐，死的最冤。因为就在二姐得病期间，农村正深入开展两条道路的斗争——狠批资本主义道路，"批"的人们不得安生。就说石盘仔村吧，当时，邱江祥养了12只鸭，人家便说他是在走资本主义道路，强令他到大队的"学习班"上挨"批"去。你看，把所有制弄的纯而又纯，就连搞物质生产也成了"罪过"！农民穷得身上"无文星"，得了重病，没法子往上一级医院送，只有等死，就像二组那样……

邱候才至今提起这历史的伤和痛，心里仍愤愤然的。

社下村

【导读】　而今，社下村人所经营的已经不是历经几千年的传统农业，而是一种新型的商品经济性质的产业，需要掌握信息，面向市场……他们要为此多操几份心就是。

　　村人告诉我，这村名原叫石下村的。但是，新中国成立初年，正是社会主义过渡时期，要进行社会主义"三大改造"，开展轰轰烈烈的社会主义革命和社会主义建设活动，开头是初级农业合作社，接着是高级农业合作社，继而又是人民公社——坚定不移地走社会主义道路。一时间"社"字满天飞，其使用频率愈来愈高；加上当地人都讲的"倻"话，属客家话语系，"社"与"石"字音相近。就这样，也不知从什么时候起，这"石下村"已经变成了"社下村"了。

　　社下村是廉江市长山镇李屋村委会辖区内的一个自然村子。村上的原住民都姓李。1958 年大办水利时，社下村接纳了 6 户龙姓迁居户。诚实而淳朴的李姓原住民没把他们当外人，这许多年了，彼此友好相处着。

　　长山镇，在我这《我们村里那些事》里首次出现了。她，位于廉江市西北部，属边远山区镇，是廉江市的大西北，与广西博白接壤。长山，长山，长山的特点就是山多水长：吃、住在山，开门见山，出入要翻山。且看社下村的景况——

　　有人把社下村所在的几个山头，比做一副猪肝：西边一叶"肝"，名叫屋背山，老村就住在山脚下，因而得名；东边一叶"肝"，名叫岭岗山；中间夹着的一只"猪胆"，名叫社排岭，山势由北而南逐渐低落，山脚下是一口小池塘。三个山头在"猪胆"顶部集结，构成一个高地势的开阔地。这便成了社下村初级小学（一至三年级）的天下。周边几个村庄的小孩子都在此就近入学。

　　东边的岭岗山之东，还有一个山头叫芋地窝岭的。如是，四个山头由西而东排列着：屋背山、社排岭、岭岗山和芋地窝岭，构成一道大弧形。在"弧"的对面，又是一道长而且高大的山冈，名叫爆石岭——山上一尊大石头，曾被雷击"爆"（裂），故名。它们前后左右地围成了一个又扁又长的橄榄形小盆地，盆地里有清水良田 37 亩。

社下村的先人们最先是在屋背山脚下建房设村的，依着山势，房子只能坐西向东。这个向至不太理想，凉爽而湿润的南风进入不了屋内。后人逐渐把家搬到"猪胆"形的社排岭上。如今，社下村共有 22 户、130 多人，其中 14 户住在坐北向南的社排岭上；4 户住在岭岗山上；剩下的 4 户，也都离开了原老村，搬到了村后山顶上去，屋向改为坐西北、向东南了。

在屋背山与社排岭之间，有一道既深且大的沟壑，壑内长满着高大而茂密的杂生乔木，遮天蔽日的，好像是个原始森林。

在社排岭与岭岗山之间，有一道相对较浅、较小的沟壑。壑内的上半截，生长着许多果树如荔枝、龙眼、芒果等等，树干高大粗老，一副苍劲古朴的奇姿雄态，好像在还原着村子的历史；壑内的下半截，生长着满沟的竹子。这一篁篁修竹，挺拔参天，青翠欲滴，生意盎然。加上各户房前屋后的果树园林，你会觉得，社下村是个高度绿化的美丽伊甸园。

而在岭岗山与芋地窝岭之间还有一道沟壑。村人在壑口上筑起一道堤坝，修建了一口约莫 4 亩水面的小山塘，以便灌溉盆地内的土地。锅形的塘底，长满水草，塘坝及周边山坡草盛树旺，植被完好。因此，山塘颇能储水，池水可以越冬。

散居在"猪肝形"三个山头上的社下村 22 户人家，虽然相邻有壑，但是，他们彼此都以邻为善，以邻为伴，形成一个亲密无间的整体。

当然，盆地内的 37 亩水田，不是一代人能够开垦得完的，要经过一代又一代人的不懈努力。这人工开凿的田园，马克思称之为"第二自然"，由于年深日久，那斧凿痕迹已不明显，从高处鸟瞰，仿如一幅天然生就的精美图案。

小盆地内没有河流。但是，因为四周是山，山下有涓涓山泉，细水长流着；加上那一口可以越冬的山塘，农业用水倒是长年不缺的。一条"S"状的微型小山溪，蜿蜒穿过盆地，在西头的一角找到一个出口，把多余的水引向盆地之外。

这山岭、水塘、田野、沟壑、村舍、学校、树林，构成了一幅精美的视觉奇观。

社下村的先祖们真好眼力，选择了这么一块风水宝地开基拓业，创造自己的独特文化。他们不愧为大自然之子，把田园美与山地的自然美结合一起，让人与自然和谐相处，充分体现出古代哲人"天人合一"的思想。

到得1981年"分田到户"时，社下村还不到20户，总人口却已突破了100大关，人均耕地已不足4分面积。社下村面临着一条危险的人口警戒线。

要远离这警戒线，除了认真搞好计划生育，必须要有计划地开发荒山，科学地向山上进军。

开发荒山，谈何容易！这要投入大笔资金和相当的人力、物力的。一个小小的社下村，能有多大本事？

没本事，就靠运气，用唯物论者的话说是"机遇"。社下村的先祖们在天有灵，让子孙们荣幸地碰上了一个大转机。

此事待我细说从头。

早在1975年，廉江县政府在长山境内办了一个知识青年水果场，简称"知青场"。后来，知识青年回了城，这个场便不好叫知青场了。正好长山境内有个可储水1.44亿立方米的大型水库，名叫长青水库，很有些儿名气，廉江县政府便把该场更名为"长青水果场"。

正好是社下村"分田到户"那一年，长青水果场向周边农村扩大经营范围，便把社下村等许多个村庄给"扩"了进去。具体做法：长青水果场以每亩耕地400斤稻谷的代价，取得了土地使用权，然后聘请该农户在这土地上为果场种植并管理名优水果——廉江红橙。一般是一个劳动力管一个树位（6亩，约360－400株橙树），月工资36元；工作好的，奖金另计。他们管这个做法叫果场与农户联营。果场负责"三大提供"：即提供生产资金（含工资）、技术指导和统一管理（主要是产品销售）。

这下可好！社下村人不仅有稻谷收入，还有一份稳定的工资收入。而特别有意义的是，果场投资开发了荒山如爆石岭、芋地窝岭等，使社下村的种植面积大为扩展，每户至少可分配到一个树位（6亩），摆脱了原先耕地奇缺的困境。要知道，有了一个树位，即有了一份工资。可不要小瞧这份36元的月工资，当时，一位合格的小学教师，月工资也不过37元。

负责接待我并同我介绍以上情况的，是一位名叫李泰标的社下村原住民。他，1952年生，1972年高中毕业，1974年参军，在惠州潼湖军垦农场服役，也就是李慕娴（见前篇《谢建村》一文）接受再教育的那个地方。后来，该部队奉命调入广州市内，大挖防空洞。无论是在军垦农场"备荒"，或是在广州市内"备战"，李泰标都表现出色，因而光荣地加入了中国共产党组织。1978年退伍回乡。1981年扩场时，长青水果场让他当了个社下队队长，月工资54元。鄙人大学本科毕业，当了个中学教师，月工资也只是这个数。其妻揭业珍，是个初中毕业生，她负责管理一个半树位，月工资也是54元。他们一家子月收入百多元，在我们这里，算得上是个"高收入"的家庭。像我这样的中学教师，夫妻双方都是大学毕业的，经济收入才能够达到这个水准。李泰标告别了"备战，备荒"的岁月，接着迎来了一个"高收入"的小家庭，真有本事！

按照常识，"高收入"总是跟"高产出"相联系的。李泰标就要我看看他们家的"高产出"。他说，开头两年，盆地里的稻田都种的香蕉，每户平均近2亩。一梳香蕉重60多斤，每斤价8角钱，值款50多元。也就是说，一株香蕉的产出，就相当于他这个队长一个月的工资。一亩香蕉共220株啊！相比之下，这点工资算得什么？李泰标接着说，两年后改种廉江红橙。进入盛果期后，一棵橙树摘橙五六百斤，橙价平均每斤1元，那就是五六百元的经济效益。也就是说，只一棵橙树的产出，就相当于他这个队长一年的工资收入了。

长青水果场确有一个相当辉煌的时期，广东省领导谢非、林若等人，曾多次莅临视察、指导，留下了感人的题词。但是，到了1991年，果场气数已尽，退出了历史舞台。原因不必细究，明摆着的是，果场的"三大提供""大锅饭"的气味太重了。中国的实践证明，"大锅饭"的日子是不会长久的。

从1981年扩场，至1991年散场，作为工薪一族的社下村人，整整风光了10年，虽然发不了财，却也温饱有余。生产资金、生产管理以至销售环节，果农一概不用操心，只要按要求完成一定的工作量，当月的工资便可到手。在农户一方，似乎没什么风险，日子过得轻松、舒畅。因此，当1991年"事变"降临时，社下村人犹如挨了个晴天霹雳，曾一度感到彷徨与失落。

说来也怪，果场垮了，这果树也都逐渐死掉，好像有了灵性似的，跟着主人"殉道"去了。

这果树是得病死的。其症状是：橙树顶上有三两枝枝丫开始枯黄了，以下的枝丫也逐枝跟着枯黄，直至整棵橙树枯死。人们管这叫"黄龙病"——"龙"者，枝也，是一种病毒所致。其传染性极强，只要有一棵橙树染上此症，余者皆不能幸免。橙树之得黄龙病，犹人之患癌症，无可救治的。

我们不以成败论英雄。历史地说，长青水果场留下了被开垦的山头，留下了种植廉江红橙的技术和经验，同时还留下闯荡大市场的胆识，这些都是最可宝贵的。社下村人调整好心态，立即开始新一轮的冲刺。

为了清除残留地里的黄龙病毒，社下村人在橄榄形小盆地的水田里，连续种了二年水稻，然后回头种上原来的名优产品——廉江红橙。这时候的廉江红橙，已被评为"国宴佳果"，颇有名气和市场了。山上的病毒一时无法消除，便改种优质水果龙眼或荔枝。田里的加上山上的，每户有一个树位的面积。

如今，社下村的水果均已进入盛果期，一户的年收入，少说也有2万元，当年领的那份工资是远不能望其项背的。不过，社下村人经营的已不是几千年的传统农业，而是一种新型的商品经济，需要掌握信息，面向市场，他们要为此多操几份心就是。

龙塘村

【导读】 如今，龙塘村各户的荔枝已进入盛果期，每户年收入不下 2 万元。

这是廉江市良垌镇被访的第一个村庄。村子不大，全村 19 户，100 来号人。

从良垌镇东街口出来，沿着良垌至平坦的柏油公路行 2 公里，便见到靠右一侧的一块写着"龙塘村"的路牌。路牌下方有两座山，一座名叫龙塘岭；一座名叫芒果山。显然，龙塘村就坐落在龙塘岭上。

龙塘岭向正南方向伸展，流线状坡面长约 400 米，宽约 200 米。芒果山则向西南方向伸延，长与宽同龙塘岭相差无几。两座山构成一个反写的"几"字。山谷里是一片狭长的梯田。而这两座山的对面，还有两个山头：靠东一个叫庙岭，靠西一个叫长山仔岭。四座山夹着一片清水良田，同这片梯田相衔接，构成一个歪歪扭扭的"丁"字形状，总面积约莫 40 亩。这便是龙塘村人世代赖以生存和发展的皇天后土。

我跑过不少农村，相比之下，龙塘村倒显得比较独特。整个村子依着山势由低而高一级一级往上升，计有 7 个梯级平台，村中的房子就分布在各级平台上。从房子的数量看，该村不止 19 户，好像是个拥有几十户人家的大村庄。原来这是因为农村地皮多，村人建新不拆旧的缘故。有的人不知第几次建房子了，再破旧的屋舍也一直保留着。上头三个台阶，全是清一色的新建楼房，高者三层，一般都二层；下面四个台阶，多半是些陈旧的泥砖瓦房，间中有几栋高楼昂然耸立，傲视着低矮而发黑的屋面，形成了强烈的反差。有一个时期，国人要通过"忆苦思甜"把新、旧两个社会拉近作对比；而今的龙塘村，不用"回忆"，就有一个改革开放前、后的鲜明的对比现场在。

也许有人要问，你是怎么找到这无名小山村，并把它作为良垌镇的首选村的？

的确，事情颇为偶然。可以说，这是个意外收获。

20 世纪 80 年代初，我在教育线上做点儿行政管理工作。有间普通中学正建一栋教学大楼。偌大一件事，我是得去看看的，接待我的人说是"视察"。这项工程是一位姓吴的师傅承建的，他的大名叫吴水陆。我们由此相识。十几年过去了，我已经在一个新单位退了休，开始了《我们村里那些事》的写作历程。想不到就在这时，我和吴水陆巧遇了。我这才知道，他原是龙塘村人，由于建筑业不景气，他早已不干"泥水"了，回村里承包荒山种了荔枝。他告诉我，过不两年，荔枝正式投了产，孩子们读完了书，找到了工作，日子就会好过的。届时，他还要请我"潇洒走一回"呢。

我眼睛一亮，立即打听龙塘村的情况。吴水陆说，龙塘村近年大种荔枝，家家户户建了楼房。他家是最后一户种的荔枝，所以家景迟迟未能改变。听他这么一说，我倒忍不住赶来"潇洒"了。

俗语说，入村问土地。我来到龙塘村，自然要先找村长。村长名叫吴进生，是吴水陆的堂弟。为了种好荔枝，吴进生于 1987 年在芒果山上建了一栋一字形、五间过的红砖瓦房，单家独户住在一个山头上，与龙塘岭老村就只隔那么一片狭长的梯田。当我踏入村长的家门时，吴水陆正好在此。村长正建一栋占地 200 个平方米的三层高大楼，已经建好了主体，花去了 10 万元，都是种荔枝得来的钱。吴水陆正与他策划下一步的装修工程呢。

经吴水陆介绍，村长吴进生明白了我的来意，便给我谈了他本人及本村的一些情况。

吴进生，1951 年生，9 岁入学读书，1970 年毕业于良垌中心小学附设初中班。1974 年结婚时，有幸参加了良垌公社举行的革命化集体婚礼。在那个充满革命激情和理想的年代，全公社 50 对新婚夫妇集中一起，不披婚纱，不铺红地毯，就穿一身崭新的革命化服装，胸前佩戴一朵大红花，手捧良垌公社赠送的红宝书——《毛主席语录》；公社不收 1 分钱，就这样热热闹闹的办了一件人生大事。

婚后，吴进生的生活是甜蜜的，妻子岑崇娟，贤惠体贴，长相又好。他们一共生了三女二男，最后一胎是双胞，一男一女，人称"龙凤胎"。如今，"小龙"正在廉江第二中学念高三，他是吴进生家最后一名在校生，成绩良好，正准备在今年的高考中夺魁的。

打从"龙凤胎"面世后，吴进生一家7口人，头顶上还有二位高堂，吴进生越来越感到人口的沉重压力。龙塘村是个小山村，耕地面积少，分田到户时，人均耕地仅3.9分。双亲大人的二份责任田，他们兄弟俩一人一份。吴进生家的8份责任田，一共只分得水田3.10亩。这够做什么呢？按照传统习惯，长年生产主粮和杂粮，充其量也只能够勉强糊口。子女要上学，老人要治病，那就无法应付了。

1987年，湛江市委、市政府提出发展"两水一牧"的口号。"两水"，是指的水产、水果；"一牧"，是指的畜牧业。发展水果和畜牧业，都得先解决山岭的承包问题。于是出台一个政策，荒山的承包期长达30年。吴进生想，中国的改革，是从农村承包土地开始的，如今转入到承包荒山，而且一包就是30年！可见，中国的改革在不断深化，尽最大限度拓宽农民的发展空间。这可是个难得的历史性机遇，千万不要错过。而龙塘村的情况是，不仅耕地少，山地也不多，只有村对面靠东那座庙岭是龙塘村的，面积上百亩；而村对面靠西那座长山仔岭，面积一百多亩，却是离此较远的另一个村子的荒山。承包荒山的政策是出台了，但是，实施起来还得有个过程，多数人的脑子里还没有这种意念。因此，吴进生认为，本村的荒山不要急于搞承包，而应该把长山仔岭尽快"包"过来。

人们都说，万事起头难。但是，在中国，有的事却是"起头易"。关于吴进生承包长山仔岭一事，为了有个好的"开头"，从而打开局面，良垌镇政府便予以大力支持。因此，甲方乙方很快达成协议，签了合同。大意是，整个长山仔岭120亩，由吴进生承包开发；承包期从1987年起，至2020年止；年承包费900元。

吴进生敢为天下先的举动，受到世人的瞩目，得到了多方面的支持。当他拿到银行的 4 万元贷款时，立即种下廉江红橙 4,000 株，荔枝 1,500 株。

　　形势是喜人的，种下的两种果树成活率高，生长旺盛。但是，1989 年"六四"事件之后，银行下了闸，吴进生拿不到贷款了，后续资金不继，无法施肥和喷药杀虫。廉江红橙逐渐死去，荔枝则是半死不活的样子，一直不挂果。

　　形势是严峻的。投资那么大，花了那么多功夫，结果血本无归。吴进生想不到现实竟是如此之残酷。原来，在创业路上充满艰辛与曲折，挑战与迷惘，以及多种可能性和未知数。不过，吴进生还算冷静，想方设法补救。他了解到番桃——学名叫番石榴的，市场前景好，投资小，见效快。便于 1990 年清理部分原果场，种上 800 株良种番桃。

　　水果客商的鼻子够灵敏的，哪个山头出产什么水果，他们都能够"闻"出来。吴进生种的 800 株番桃，第二年投产了，客商们主动上门收购，每斤价高达 2.80 元，当年共收入 2 万多元。

　　自此，这 800 株番桃每年都为吴进生带来二三万元的收入。长山仔岭有起色了，吴进生的腰包，已不是原先的悭涩样儿了。

　　1994 年，吴进生鉴于自身的经济实力，对原承包计划作了些调整——把长山仔岭西头的 100 亩转包给别人，只留下东头的 20 亩重新种荔枝，其中黑叶 400 株，白糖罂 700 株。空地种完了，便间种在番桃树里。此时的番桃，已经走下坡路，卖不到好价钱了，一俟荔枝长成，即便砍掉。

　　1997 年，吴进生的荔枝投产了，光荔枝一项，收入 9,000 元；加上剩下的部分番桃，共得款 2 万元。

　　吴进生的荔枝终于成功了！全村人深受鼓舞。大家伙看到了开发荒山的好处，都渴望向山上进军。村长吴进生便把那座庙岭分给各户承包种荔枝，除了吴水陆一户，每户都种了四五亩。1999 年，外出闯荡多年的吴水陆，也回来种了 5 亩荔枝。

　　今年，吴水陆的荔枝开始试产。他种的全是优质品种妃子笑。这名堂，显然是从唐诗"一骑红尘妃子笑"中来的。在 5 亩面积的 300 株妃子笑中，已有 54 株挂果，预计总产量达 300 斤。按目前最低价每斤 5 元算，将可收入 1500 元。

除了吴水陆一户，龙塘村各户的荔枝均已进入盛果期，年收入不下 2 万元。而最为令人羡慕的是，近三年来，村长吴进生的荔枝每年收入都在 5 万元以上。

山埗口村

【导读】 正是这『歪打正着』的山埗口村人，让我们的社会主义不再姓『贫』。

　　这是我到石岭镇采访的第二个村子。第一次采写的是竹山背村委会的李村。我查看过廉江市地图，李村在石岭镇的北面；而那丁村委会的山埔口村，位于石岭镇的西南面，两个村相距好几公里。上次采访，是通过石岭镇政府安排的；这次采访却靠了一位朋友"开路"。就像国与国之间的关系，既有官方交往，又有民间往来一样，我是通过民间管道进入山埔口村采访的。

　　山埔口村拥有90户人家，500多人口，其中享有责任田的人口470人。耕地面积不多，仅250亩。但是，山地面积可不少，有一千多亩。

　　此处山多，都是些缓坡漫延、扁平起伏的山梁。就说山埔口村所在的这座山吧，它名叫"大山"，从东向西、由高而低地缓缓漫伸过来，总面积约莫300多亩。90户人家散落在山腰以下。山腰以上是晒场，俗称"禾堂"。禾堂背后，有一把"柄"往外伸，与另一道山梁相连接。除了这把二三十米宽的"柄"，整个大山被一片环形的稻田包围着。稻田那边，又是一座连着一座的山梁，山上全种上了荔枝、龙眼等岭南佳果。那果林苍翠葱茏，浓密如盖，墨绿的树影，随着延绵的山峦起伏如龙，跃向远方。一言以蔽之，此地的环境是，山与山之间是稻田，稻田之外是山梁；田里的和山上的，全是人工种植的作物。

　　不同的是，山埔口村周边的绿化林带，就不是人工种植的。除了村内家家户户房前屋后的果树园子，从四面重重包围着村子的几条林带子，都是自然生就的绿色围墙。你看，依傍大山由高而低的地势，村子内部形成了两个层次，每个层次都有一条环形通道通往村内。也就是说，此村有两条环状路径供人出入。而每条路径上都有两条高大茂密、顶部相交的天然林带，因此，人们出入总要穿过一段绿色的隧道。恰如古诗上说的，"绿树村边合，青山廓外斜。"

这次接受采访的，是山埇口村的前任村长吴有浩。现任村长吴有辉亦在座。他们俩是好邻居，"不拆墙也是一家人"。谈了一会儿，吴有辉的胞兄吴有盈从田里回来，也坐在一旁看稀奇。

原来，在山埇口村山上和田里生机勃勃的作物群里，隐藏着好些个脱贫致富的稀奇事。吴有浩就给我讲了两个这样的稀奇事来着。

奇事一，是1978年7月的事。山埇口村两个生产队决定分作业组。每个生产队分成三个组。那时，全村仅50户，每个组平均只八九户。其中第一生产队的第三组共8户，组长吴有盈。

这吴有盈也真不知天高地厚，懵懵然就把分到组内的土地和耕牛，一一分到各户去了。这是廉江市最早"分田到户"的8户人家。

这件事在当时是很吓人的。"分田单干""走回头路""阶级敌人在搞复辟"……帽子一大堆哩。那丁大队干部又生气，又害怕——出了这等事，还了得！声言要拉他吴有盈戴高帽子游村去……

我插口问坐在一旁的吴有盈，当年把田分到户，他是怎么想的？怕不怕戴高帽子游村？

吴有盈的回答倒很简单："分田到户，我这个当组长的就轻松了。"

是的。分田到户，各干各的，组长就不用天天去排工，去吆喝了，多轻松！看来，他吴有盈完全没有意识到个中的政治风险和灾难的。人们所熟悉的小岗村人就不同，他们签字画押，作好了承受巨大政治风险的打算。

吴有浩继续介绍说——

幸而疯狂的年代已经过去，疯狂的话虽然还有人说，而疯狂的事似乎已经没人轻易动手干了，因而一直不见有人拉他去游村。日子一天一天过去。也不知是否有人向上报告，反正不见上头有人下来过问此事。时间是最好的镇静剂，吴有盈等人渐渐安下心来，算是幸免于难了。

这"分田到户"的 8 户人家，就像一头勤劳的老黄牛，"不用扬鞭自奋蹄"，三两下子便把晚稻秧苗插了下去。单家独户干活，虽没有集体化时成群结队的热闹，但是，没人跟你说闲话耽误时间，工作安排上也避免了窝工现象，工效是特别高的。

这 8 户人家的晚稻，是他们搞承包打的头一仗，中耕管理特别的到位，用辛勤的汗水呵护禾苗，恰好又碰上了个好年景，结果获得大丰收。吴有浩一家 7 口人种的 5 亩晚稻，收了 4000 斤稻谷；组长吴有盈一家 5 口种的 3.5 亩晚稻，共收了稻谷 3000 斤。他们没想到收获这么大，毫无准备，没有添置存放粮食的器具；住房本就不多，所有罈罈罐罐装满了，还满屋子这里一堆，那里一摊，到处是金子般的稻谷，家里人出入几乎没处落脚，极感不便的，但是内心深处却充满着成功的狂喜。

真是苍天有眼，这最早分田到户的八户人家都有个"开门红"，正好应了一句俗语说的："跑得快，好世界。"全村人看了又羡慕，又眼热，就忍不住跟着"跑"。第二年，其余 5 个作业组全都"分田到户"了。这便是日后中央肯定的"家庭联产承包责任制"。吴有盈这一招可谓歪打正着。

好个"歪打正着"。我又不禁要问，他们当年是怎么想到要分作业组的？

不想这一问，竟"问"出了山埇口村唯一的一个离休老干部的情况来了。

山埇口村有个名叫吴士杰的，即吴有浩的老爸，于 1925 年出生。那时他家里很穷，双亲大人熬不到全国解放便先后辞世。一间祖上遗留下来的破烂瓦房也跟着倒塌。剩下他和大哥弟兄俩，上无片瓦，下无寸地，不得不在村内的公屋——香火堂里寄住，就像阿 Q 寄住在土谷祠一样。1949 年 3 月，走投无路的吴士杰，毅然参加了当地的游击队——廉江县西北区扩征队，上山打游击去。于是，穷山村里飞出了金凤凰，他吴士杰便成了今天村中唯一的一个离休老干部。

吴士杰是在 1983 年办了离休手续的。就在他离休之前，即

1977 年，他曾被上级领导安排到廉江县农村部工作。所谓"农村部"，它的工作重点就在农村。那时候的农村，出现一种新动向：原来是一个生产队的村子，要分为两个生产队；原是两个生产队的村子，要分为四个生产队。有的地方分得更多、更小，叫作"作业组"。在农村部工作的吴士杰他们，要经常下乡驻队，苦口婆心地劝农民不要分队，要维护人民公社"一大二公"的特点。因此，人们把"驻队"干部说成是"治队"干部，即医治"分队病"的干部。

但是，这"分队病"是一种政治病，似乎病得很重了，是不能轻易"治"好的。"治队"干部也感到回天乏力。形势严峻，县委书记也坐不住了，他也要下乡了解分队、分组的情况去了。

有一次，县委书记下乡回来，说，生产队分"作业组"有好处，可以提高工效。

吴士杰紧记住这句话。

长期生活在农村的吴士杰心里明白，一个生产队分成若干个"作业组"确有好处，县委书记说了真话。同时，他也明白县委书记的本意："分作业组"不能大张旗鼓地干，但是，农民自己"分"了，也不必大惊小怪。

也许吴士杰在生他养他的山垌口村留下了太多的辛酸与苦难吧。他心里老是惦记着自己的家乡。因了县委书记说了句真话，吴士杰就抽空回到山垌口村，同村中的两个生产队商量"分组"事宜，并叮嘱乡亲们千万不要说这是他出的点子。可他万万没有想到，事情会弄得如此"大锅"，竟开了廉江市"分田到户"之先河，幸而撞上了个"歪打正着"，这才差点儿没出事呢。

真好一个"歪打正着"，一举解决了山垌口村"吃"的问题。只是缺少点儿钱花。

奇事二，是 1986 年的事。吴有浩当选为村长，带领大家伙开山种果，着手解决"钱"的事。

山垌口村有的是山。村子东面有个山头名唤矮岗径的，面积一百多亩，生产队时期曾种过"化橙"，由于管理不善，毫无收成。村长吴有浩履任伊始，就把这矮岗径山分给各户承包，种植名优品种廉江红橙。

当时的山垌口村，已经有了 60 多户人家，由于各户人口不等，一户至少可分得山地 2 亩，多则 4 亩。他们吸取当年种化橙失败的教训，种橙户大伙儿凑钱从长青果场请来一位技术员，长期指导红橙的种植和管理等事宜。

1989 年，山垌口村的廉江红橙开始投产了。村长吴有浩的 4 亩红橙，当年收果 1 万斤，次年 2 万斤，第三年 3 万斤……当时的廉江红橙已被评为"国宴佳果"，因此，连续几年，红橙每斤价都在 1 元以上。其他种橙户的效益同样好，因为都是同一个技术员指导种出的果。

山垌口村人在致富路上初试啼声，获利了成功。农民有了钱之后，首先想干的是什么？——建楼房，改善居住条件。村里种了红橙的 50 多户人家（有的户分了山，由于外出打工或别的原因，没有种果），都先后建起了楼房。村长吴有浩就建了一栋 220 平方米、总造价 5 万元的洋房。一时间，一幢幢新楼在村中拔地而起，村子的面貌变得神气活现，叫人既妒忌，又眼馋。

正是这"歪打正着"的山垌口村人，让我们的社会主义不再姓"贫"。

下塘村

【导读】 他是人民公社的最后一位生产队长，同时又是新时期的最初一位村长。

当我来到廉江市横山镇大岭村委会的下塘村，便想起了广州市的棠下村来。在广州读书期间，系里曾组织我们到棠下村参观、学习，因为毛主席视察过这个村。两个村子的大名字音相同，只是次序掉了个转，其中一字形有异。就只这么些许儿差别，竟会失之千里——在下塘村与棠下村之间，相距500多公里。

我首先来到横镇政府，由镇政府送我到大岭村委会，村委会再……经过二级接力传送，我来到了下塘村村长的家。

村长名叫杨廷，1949年生，与共和国同龄。1966年毕业于安铺中学初中部，人称"老初中"。1981年任下塘生产队队长，1983年"分田到户"后继任下塘村村长，头戴"长"字至今（2002年）凡二十有一年。他是人民公社的最后一位生产队长，同时又是新时期的最初一位村长。

1958年4月30日下午三点钟，毛泽东主席在广东省第一书记陶铸和广州市市长朱光等人陪同下，来到棠下村农业社办公室。朱光市长把在座的郊区党委书记、乡基层党委书记及棠下党支部书记、社主任等人一一作了介绍。陶铸接着说，他们现在是四级干部在一起。毛主席转面对着陶铸风趣地说："连你、我，我们是六级干部在一起了。"而今的村长和当年的社主任同级，按照毛主席的说法，村长杨廷好歹是个"六级干部"。

杨廷于1983年完婚。妻子何秀锦，中共党员，现为大岭村委会妇女主任。刚才便是她在村委会把我领来见村长的，不想这村长正是她丈夫。

我把这次采访程序做了些调整——先看村子的环境，再听村长的介绍。因为在二十多年前，我曾到过下塘村，并且住了几天时间。如今旧地重游，便急着要知道它的模样儿变化了多少。

那是 20 世纪 70 年代初的事了。有一年，上级号召大种"反修蔗"。上级领导开会动员时，举了一个例子说，北方有位妇女坐月子，要求吃个红糖煮鸡蛋。鸡蛋是现成的，这红糖可就是买不到。据说这是修正主义闹的鬼，所以一定要种好"反修蔗"云云。横山公社是蔗区，自然站在了"反修"的最前列。我是横山中学的一名教师，兼做班主任。在上级领导眼里，这帮从农村招来的高中生是最好的劳动力，便安排我们到下塘村抢种"反修蔗"。

我之所以调整采访程序，还有一个不便告人的目的。在这下塘村里，有我的两名学生。恢复高考之后，其中一名读了大学，分配在广州市工作；另一名成家比较早，没有参加高考，至今应该仍在村里，他的名字叫杨基。二十多年没见面了！这次进村，若能听见有人叫我一声"曹老师"，我会高兴死的。

我跟着妇女主任何秀锦走街串巷，一面观看下塘村的风貌，一面在等着那个将令我"高兴死"的叫声。

我看到了，下塘村住房的布局没多大变化，跟二十多年前大体一致。房子排列整齐，栉比鳞次，小街小巷纵横交错，好像是好些个"井"字拼凑在一起，只是未有硬底化。

我看到了，村中将近一半的房子是楼房，其余为红砖瓦房。而过去全是泥巴墙瓦房。房子密度大，所以是"小街小巷"。地面平整，不易排水，记得当年种"反修蔗"时，有一天下大雨，小街小巷多有积水。幸好是沙质土，俗称"坡塘地"，小街小巷才不至于太泥泞。

我还看到了，同北京的"四合院"民宅相比，下塘村的农舍则是个"三合院"：主房像个高大的立体"一"字耸立着，两侧各有一排"超手廊屋"，正面是个大缺口，好像一个"门"字模样儿。院内空地有一棵大树，树下有浓荫。整个院落显得开阔而幽雅。

转了整个村子，都没听见那个"高兴死"的叫声，便回到村长家中，向他打听杨基的情况。村长告诉我，杨基的子女已长大成人，都外出打工去了；而杨基本人，自他爱人"过身"之后，也出门打工去了。平时极少回家的。

这会儿，我该听听村长的介绍了。

村长杨廷跟我谈了下塘村以下的一些情况——

最迟实施家庭联产承包责任制。在廉江市范围内，一般是1981年"分田到户"——实行家庭联产承包责任制。下塘村直至1983年才执行这个政策。原因是，下塘村社会主义集体经济搞得好，生产上得去。生产队一年的粮食分配，人均高达600斤稻谷，还有收获量更大的番薯、芋头等杂粮未计算在内。此外，生产队的副业生产如甘蔗、桑蚕等，收入可观；另有5架牛车跑运输，那更有赚头。当时，汽车比较少，运输任务跑不完，有赖于当地解放前遗留下来的牛车运输业的帮助。别小瞧这"老牛拉破车"——牛又老，车又破，他们的警语是："不怕慢，就怕懒。"古语亦有云："积跬步而致千里。"下塘生产队的5架牛车跑运输，每年为集体挣了不少钱。这么好的一个生产队，上级有意把它作为社会主义样板而保留着。但是，"青山遮不住，毕竟东流去"。面对着改革开放的滚滚热潮，人们个个血脉贲张，谁个有本事让自己作壁上观？已经成为时代孤儿的"社会主义样板"就只"保"了两年，便消失在历史的拐点上。

全村种辣椒，走上致富路。早在生产队年代，横山供销社开创了一条"北运辣椒"之路，各生产队的集体土地以及社员们的自留地都种了辣椒，由供销社统一收购，销往北方去。改革开放之后，这条路越走越宽，就在下塘村附近的325国道旁形成了一个异常兴旺的露天辣椒大市场。

辣椒在此属冬种作物，晚稻收割后种下去，次年春摘椒，清明前后摘完椒种早稻。辣椒是当地农户的第三造收成，一亩面积可摘椒3000－5000斤。下塘村附近的露天辣椒大市场，是在新时期市场经济母体内诞生并成长起来的宠儿，自他呱呱坠地之日起，便给当地农民带来了市场的福音。其中最为难能的是，辣椒的收购价格比较稳定，自1987年后的10多年间，辣椒每斤价都在1元以上。充分体现出物有所值、人有所获的市场实惠性，让众多的辣椒种植户享受到从未有过的经济效益。尤其是1995年，辣椒每斤价高达 2.80 元。这个超高价钱就像一盏高高挂起的指路明灯，指引着周边村庄的农民在通往小康的路上火辣辣的狂奔着。例如下塘村，每户种辣椒至少 2 亩，多者 3、4 亩，仅此一项，年收入都在万元以上。

就说村长杨廷吧，他于 1989 年建了一栋 300 平方米的二层楼房，总造价 4 万多元。这钱从何而来？

原来村长兄弟三个，共建了一个"三合院楼"。如今他要另建新楼了，把原楼让给了大哥和弟弟，大哥和弟弟共补还他 1.2 万元。

自 1987 年后，杨廷每年种 3 亩辣椒，年收入将近二万元，仅费时二年，至 1989 年，就把这幢大楼建起来了。

村上出现了一个"非计征人口群"。村长杨廷谈及村子的基本情况时，念经似的说："下塘村共 90 户人家，耕地面积 500 亩，总人口……"他顿了顿，不好意思说，"这总人口说不准。我只记住计征人口，460 人。"

"计征人口"？我走访过不少农村，还是头一回听说这名堂，一时半会吃不透，当下便请教于村长杨廷。村长解释说，这计征人口，是指领了责任田，要接受国家征税任务的人。

原来，下塘村有些人不要责任田，自然不在"计征人口"之列。这帮子人可以称之为"非计征人口群"。他们一家子外出打工，或者做点小生意。但是，由于中国实行二元制户籍管理，他们很难融入所在的城市。户口一直无法"进城"，"家"始终留在村内，却常年生活在城里。这是改革开放中产生的一个新阶层。杨基一家便属于这个阶层里的人。

呵，杨基！

我的下塘村两名学生啊，你们二人的际遇竟如此不同！真个是一人有一人的命运，各有各的活法，多元而复杂。这或许就是"人生"吧！

平坦村

【导读】 村名叫『平坦』，但是平坦村人所走的致富之路却很不平坦。

村名叫平坦，其实呀，这地方并不坦平。

这是廉江市长山镇正北方向谷邦村委会属下的一个小山村。我来到此村，已经深入到长山镇的腹地了。在祖国的大西北，好些地方人称"七沟八梁一面坡"，而在长山镇，则是"七山八岭一片田"。作为长山镇腹地的平坦村，情况更是如此。

我之所以能够来到长山镇并深入其腹地，是要多得一位同宗兄弟的。他的大名叫曹琼坚，现为廉江市科学技术协会副主席，曾于1996年到长山镇挂职副镇长三年。日前，我跟他说，你这个长山老百姓的父母官，什么时候回去看看你的"子民"，可要把我也给带上啊。曹琼坚说，长山老百姓是我们的衣食父母，已经多年不见了，也正想回去走走呢。

曹琼坚领着我坐班车抵达长山，进入镇政府，向熟人借了一辆摩托车，载我继续前行。一路上，上山下山、爬坡蹓坎、上蹿下跳地直把我带到平坦村李时枢家里。就好像平坦村不平坦一样，长山镇的村级公路全通了，只是不够平坦。

你们看，曹琼坚与李时枢两人见面那情景：你的手执着我的手，我的手又反执你的手；你的眼睛盯着我，我的眼睛也瞅着你，"哎呀，哎呀"了好一阵子，都还说不出一句话。只有久别重逢的老知交，才会显出这么一副激动不已的神态。

曹琼坚在我和李时枢之间都做了介绍，并点明了我的来意，大家这才落了座。为了不影响我的采访，曹琼坚同李时枢简单地叙了一下旧，便说要找别的老朋友坐坐而告辞了去。

采访当中，李时枢不仅谈了许多情况，还领着我四周转转，让我一睹平坦村的庐山真面。

平坦村分上村、下村两个部分。上村的农户散落在三个山头上，三座山横的横，竖的竖地摆放着，住宅的坐向也就各不相同，有的向西，有的向南，有的则向东。下村的农家占据两个山头，两座山向着上村这边伸过来，与上村两边的山头几乎连接一起，构成一个有缺口的扁状圈子，圈子内是一片颇为开洋的田野。村名"平坦"，兴许由此而来。

从上村东面横着的一道山梁翻过去，那边又是几个山头围成的一个谷，谷内又是一片面积不算很大但充满希望的田野。

这山谷里的田，都是水田，只是这水不是从天上来的，也不是从河里来的，而是从山下的许多泉眼里来，山泉清冽，人称"冷脚田"。河里的水流不进这田里；这田里多余的水却要入注河里，经过九曲十八弯，汇入北部湾去。

平坦村不大，全村只 37 户，220 多人口，内含三个姓氏。其中上村 14 户，李姓 13 户，黎姓 1 户；下村 23 户，全是钟姓人家。全村拥有水田 78 亩，旱坡地 50 亩。

追本溯源，这平坦村原是黎姓人家的。黎姓人要侨居越南去了，便把这个"业"卖给了李姓人和钟姓人。这些都已是"Long Long ago"的事了。如今，黎姓人就只剩下这么一户。平坦村三姓人长期和睦相处，从不因为姓氏问题发生过龃龉。他们只知道，他们向来是一个村子里的人，又曾经是同一个合作社、同一个生产队的社员。

平坦村耕地不算多，但是粮食从不欠缺。别小瞧这山谷冷脚田，早在生产队年代，粮食亩产就已高达八百斤，与人皆称赞的"千斤亩"相去不远，比周边生产队高出了许多。村民生活比较好，人均月口粮达 50 斤稻谷，折合大米 35 斤。这只是主粮，还有许多杂七杂八的东西未算在内，例如番薯、芋头、木薯、小米、花生、大豆，等等等等。那年月，好些生产队的社员食不果腹，平坦村人却不愁挨饿。工分值比较高，一个劳动日值 5 角钱。究其原因，除了村民淳朴、听话，干活积极、卖力外，他们的主要经验是：良种＋成本。

良种是有关部门培育出来的，农民不必操心，只要有钱，即所谓"成本"，就可以买回来。这"成本"可就全靠自己了。那么，平坦村哪来的这许多钱作成本发展生产？

原来村里有八个人，长年外出搞副业，用今天的话说，是"搞私捞"。他们每人每天要给生产队交回8角钱，说白了，是用钱买工分参与分配。生产队5角钱的一个劳动日，要花8角钱买，虽说是有点儿苛刻，他们也心甘情愿地接受。八个人每年交回的副业钱多达2300元，作为该生产队的生产成本，已是绰绰有余了。那时，极力批判走资本主义道路，狠狠打击资本主义自发势力。不知是因为山高皇帝远，抑或是别的什么原因，平坦村竟敢批准八个人长期外出搞副业，胆子真够大的。如今回过头看，可算得上是个创举。

改革开放之后，一般农村的发展规律是，先解决"吃"的问题，然后考虑"致富"的事。平坦村可不同，前者已不是个"问题"，就只考虑后者——如何挣钱致富了。

在平坦村，最先叫板富裕的，还是原先外出搞副业的那八个人。这"八大金刚"在经济大潮中冲浪、搏击，由穷变成富，富了又变穷……如此大起大落、上上下下、反反复复、沉沉浮浮，历经了20多年炼狱般的洗礼，总算"熬"出了个百万富翁——一个称得上"大款"的人。可惜他不在村，我无缘采访他，就不好点名了。其余几个，说是"贫穷"，其实也"穷"不到哪里去，因为他们各自都建了水泥钢筋结构的楼房。正如《红楼梦》里刘姥姥说的那话，你们拔的一根毛，比我们的腰还粗。

在这么几个人的影响下，平坦村人陆续外出打工赚钱去了，而且人数在逐年增多。时至今日，平坦村除了5户以外，其余人家，每户至少有一人在外打工，多者有二三人，还有的甚至全家出动。钟作权把一子一女留给老人打理，夫妻俩齐齐出动去打工；李启文一家5口人，全部出动打工去；李时枢的女儿、女婿及小儿子都打工在外，家里就只剩下他们老两口了。至于那5户，皆因各自的老人身体欠安，必须守候照料，遵循"父母在，不远游"的古训，在家求发展。记得有关专家说，如今农村的"非农"收入占的比例越来越大，恐怕就说的平坦村的情况。在平坦村，农业产出已温饱有余，再加上打工收入，日子过得蛮好的。

近年，平坦村"在家一族"正试探着一条开山种果之路。平坦村耕地不多，山岭却不少，计有上千亩，大有"文章"可做。他们种的主要是龙眼，其次是荔枝。龙眼有人收购，加工元肉，每斤鲜果3元上下。至今已有9户人种了龙眼。荔枝没人收购，仅6户人种了荔枝。李时枢的大哥种的80株龙眼，前年摘果4000斤，得款1万多元。去年是"小年"，摘果不多。今年果不少，可惜价位低，预计只有几千元的收入。

提起平坦人种果一事，那还是他李时枢扯的头儿呢。

李时枢，男，1950年生，排行老四。1972年高中毕业，同年11月完婚。1975年弟弟老五结婚之时，正是他们一家五兄弟各自独立之日。此时，母亲业已作古，父亲由兄弟五人轮流赡养，颐享天年，至1989年89岁上"归老"。

李时枢毕业回乡后，先是参加谷邦大队的"毛泽东思想宣传队"，大搞"农田基本建设"，即所谓"园田化"活动。后转入谷邦大队专业队。"专业"项目有碾米、榨油、酿酒、扎粉丝等等。大队从各生产队抽来的人，在专业队里干活，在生产队里记工分。也就是说，生产队养活他们，让他们为大队搞"创收"去。社员们对此似乎没甚意见，颇为顾全大局的。

由于表现好，李时枢于1975年入了党，并当了大队会计，成为一名脱产的大队干部。

1982年，谷邦大队党支部的12名委员，要压缩为5名。李时枢便离开了大队，外出打工去。在1997年的换届选举中，李时枢本不是候选人，但是，多数党员同志却选了他为支部委员。今年1月，支部又一次改选，要从5名候选人中选出3名支委来。李时枢所得票数虽已过半，终因名额有限而落选。直至4月份村民委员会换届选举，李时枢这才当选为村民委员会委员。

至于种荔枝一事，事情是这样的。

1988年，李时枢从广西打工回来，在火车上看到沿途漫山遍野的红荔枝，同时还看到，火车上的鲜荔每斤价高达14元！你无法想象，这个14元荔枝价的震撼性有多强烈，就算是当年高喊着的"革命理想"，也不能与之比肩的。李时枢在长山中学念高中时，教师一个月的伙食费也不过是 14 元。也就是说，在火车上吃上一斤荔枝，就等于吃了一位中学教师一个月的饭菜。人们把此等享受称为"高消费"。中国改革开放，市场也跟着开放，涌现出一个"自由市场"，这才有了诸如此类的"高消费"。当年备受限制和责难的"自由市场"，如今可活跃了。因此，李时枢一下听到这如雷贯耳的荔枝震撼价，心头不由一颤，想到平坦村山头那么多，便打算开发荒山种荔枝，以便从这"自由市场"上获取一杯羹。

说来也巧，李时枢回家不久，适逢长山镇政府成立"水果发展办公室"，正要派人到钦州采购荔枝种苗。李时枢了解到，这荔枝种苗是用最新的"圈枝"技术培育出来的优质品种，种下三年便可挂果。而眼下各村庄房前屋后生长着的荔枝，都是旧品种，是实（果实）生树，生长七年的仍为幼龄树，直至第十五年才开始挂果的。李时枢便花了 150 元，买回 50 株黑叶荔枝苗，种在自己屋后山上。他这便成了平坦村开山种果第一人。

1991 年，有 4 棵荔枝挂果了。其中一棵收果比较早，所收的 15 斤果，每斤卖得 14 元，得款 210 元；其余 3 棵，共收果 70 斤，每斤卖 8 元，得款 560 元，合共 770 元。这是李时枢开山种荔获得的第一杯羹。

可是，此后几年，这园荔枝就不怎么挂果了。李时枢也不很在意，因为此时的自由市场越来越"自由"，赚钱的空间越来越广阔，不独荔枝、龙眼可以赚钱，买辆摩托车载客，也同样可以赚得许多的钱。这是一个新兴的服务行业，干的人不多，钱特别地好赚。例如，李时枢于 1994 年买了一辆摩托车载客，平均每天收入 50 元。尤其是春节期间，各路打工大军来来往往，进进出出，日收入高达 200 元。他可没多少心思顾及别的事了。

1997 年，曹琼坚副镇长检查生产，出现在李时枢的荔枝园里。曹副镇长是"农专"毕业的，对此很有那么一套。他指出，荔枝摘了果，就得抓紧施肥促梢，把夏梢、秋梢都"促"出来，来年才会开花结果；而冬梢、春梢则要严加控制，因为这些梢是不会来花挂果的。

李时枢就按照曹副镇长说的做去。1998年，满园荔枝挂了果，估计总产量达2500多斤，株产平均50多斤。有人出了个每斤1.50元的价钱，把这园荔枝全买了去；李时枢则要价2.50元／斤。双方谈不拢，生意告吹。

岂知过了这个村，就没有这个店了。自此，这园荔枝一直无人问津。李时枢自己无论怎么努力，也推销不了多少，大批鲜荔因过熟而落地烂掉。

李时枢这才明白，种荔枝不光要有技术，还得有个市场。

采访至此，我的总印象是：平坦村并不平坦；平坦村人走过的路也很不平坦；而平坦村人日后要走的路，想必会更不平坦。

大车坝村

【导读】 地主家庭出身的赖炎辉，又感慨地说，比起当年，如今不知好了几倍了，真正能够做到『朝鱼晚肉中午鸡』——都已经吃腻了，还嫌不太好吃了呢。

　　这里没有河流，没有山塘水库，压根没有什么"坝"；同时，也没看见什么"大车"，却有的是"小车"——轻骑摩托，村中一般农户，至少有一辆摩托车。可是，村名竟叫"大车坝"！

　　我曾先后两次采访大车坝村。第一次，不想赶上农忙时节，村民正在田里插晚造秧苗，不好意思请他们上田接受我的采访。可是，既来了，也不好空手而回啊，我便到村委会听介绍去。

　　村委会干部都是基层脱产干部，除了双休日，每天都有人值班、办公的。他们都是当地人，对辖区内各个村庄的情况都很熟悉。

　　当班的村干部给我介绍了大车坝村的以下情况。

　　雅塘镇江东村委会的大车坝村，村人姓刘，全村45户人家，273口人，耕地面积208亩，其中旱坡地50亩。另有山地面积300亩。

　　同别的村子一样，大车坝村是个极普通的南方小山村，村人一直过着传统的农耕生活，日出而作，日入而息；春播夏插，秋收冬藏。年年如此，代代承传。岁月孕育精华。大车坝村人在无穷尽的往复循环的岁月中创造了自己的生活，从而显示出顽强的生命力以及艰难的文化积淀。

　　不过，在笔者眼中，大车坝村还是有几点不太"普通"的地方的。

　　大车坝村原是个靠天吃饭的村子，没有江河湖泊，常年干旱，老天不照应，则两餐堪虞。直至1958年大跃进"大办水利"时，毗邻的石岭公社修建了一座中型的武陵水库，这才引来"远水"，解了"近渴"，彻底改变了大车坝村十年九旱的面貌。这可是一个很不"普通"之处呀！

还有一个不太"普通"之处，大车坝村山岭特别多。原来，大车坝村及周边村庄拥有数以万亩计的山地，却因为走的社会主义集体化道路，早被国有林场给"化"了去了，其中留给大车坝村的仅300亩。国有林场就在大车坝村子旁边营造大片"人工林"，远远望去，无边无际，真像个碧绿的海洋。

还再有一个不太"普通"之处是，改革开放之后，大车坝村率先成为当地有名的养鸡专业村。

大车坝村有人试着批量养鸡并获得成功之时，那已经是1991年的事了，至今历时十有二年。12年来，大车坝村人能够在养鸡致富路上高歌猛进，有几点经验值得注意。

选准了项目。鸡，以其营养价值高、肉味清香可口而深受人们的喜爱。家庭餐桌上的日常主菜，不外是鸡、鸭、鱼、肉、蛋，为首者，鸡也。无论大小宴席，总少不了鸡，故有"无鸡不成宴"之说。民间流传着这样一个故事：甲乙二人讨论"美食"问题。甲问乙道："你说，世上最好吃的东西是什么？"乙回答说："是鸡。"甲又问："除了鸡呢？"乙回答说："除了鸡，还是鸡。"因此，家来贵客，必然杀鸡款待；如果来客不够"尊贵"，还不一定能够吃上鸡呢。

专业养鸡，有几个类型：一是养的蛋鸡，那鸡舍、鸡笼要求高，投资大，那不是一般人能够做到的；一是养的种鸡，繁殖鸡苗，那套孵化器以及那间孵化室等设备，投资更大。此二者都不是闹着玩的。因此大车坝村人不养蛋鸡，也不养种鸡，而只专养肉鸡。这是一项投资少且又简约易行的业务，一般家庭都能够做得到。比如说，你养500只肉鸡，就在村子旁边找一片有点儿荫凉的树林子，用一张塑料网具围成一个圈，圈高1.2米，面积1.5亩以上，便可以放在圈内养起来；再在网圈旁边搭个简陋的工棚式鸡舍，让鸡们在里面过夜；让主人安上一张单人床，与鸡共眠。此类鸡场，设施简约，用料价廉，极易于普及。如今的大车坝村，村里村外遍布着网圈鸡场，场内圈养着数以万计诱人的肉鸡。

掌握了预防鸡瘟、医治各种鸡病的技术。说起农户养鸡，众所周知，那是一项极其普遍而古老的业务。《诗经》里有"鸡栖于坉"的诗句,可见家鸡已有很长的历史。我不懂考古,单凭感觉,鸡,本不是畜,而是禽,却能够闯进畜群里,成为"马、牛、羊、鸡、犬、豕"的六畜之一,而家鸡在"六畜"中怕是最早被饲养的资历最老的"长者"。但是,农村养鸡,向来只当作一种副业,只管养殖,至于能不能养好,这就难说了。眼看着满屋家鸡养得好好儿的,就快见效益了,不想祸从天降,竟碰上了一场鸡瘟!除了少数几只抵抗力强的老种鸡,便都全军覆没了。主人只能干瞪眼,毫无应对的办法。农村的养鸡业也就一直"专"不起来。

随着科学技术的进步和发展,鸡瘟、鸡病可以预防及医治了,于是,养鸡专业户、专业村在逐渐增多。除了药物防治,大车坝村还比别人多了一着:每个养鸡专业户都备有两个网圈鸡场,轮流使用,一年一轮换。轮空的那个鸡场,让大自然用一年时间为它清洗和消毒。大车坝村 12 年的养鸡生涯表明,只有市场价影响到效益,从没有因为鸡瘟、鸡病而减少收入的。

主养阉鸡,不养或少养项鸡。项鸡,即雌鸡。这是个俗称。项鸡体重轻,利润少,肉鸡专业户大都不愿意养殖。鸡苗场里,老板早把刚挣开蛋壳的公鸡和项鸡这两种鸡苗分开,任由顾客选择,纯度达95%以上。公鸡苗养至打鸣、追逐项鸡时,便施以阉术,使之成为"阉鸡"。此后,它便长膘上肉,增加体重,肉质嫩滑而香口。如果不施以阉术,它只长冠、长毛、长骨架,长成个大公鸡,英姿勃勃的,"雄鸡一唱天下白",气度不凡,可惜皮厚、肉少、味淡而粗韧。一句话,它无论如何长不成一只肉鸡。

追溯起来,这阉鸡术还是当年华陀流传下来的。《三国演义》第 78 回说得明白:华佗给曹操诊病,说是脑袋中有风诞,需砍脑取出来。曹操以为这是蓄意害命,把华佗下狱追拷。

狱中有一吴姓狱卒,每日以酒肉供奉华佗。佗感其恩,便将用多年心血写成的《青囊书》相赠。华佗死后,吴买棺殡殓完毕,回家欲取《青囊书》看,只见其妻正将书在那里焚烧。吴氏大惊,连忙抢夺,全卷已被烧毁,只剩得一两页,所载乃阉鸡猪等小法,得传于世。……如今,人们能够尝到阉鸡的美味,肉鸡养殖专业户能够赚大钱,还得感谢华佗的阉鸡术呢。

循序渐进，从"季节鸡"发展为常年大批量养鸡。大车坝村肉鸡养殖业发展到今天的规模，需经过一个较长的过程。开头，村中只有一户人试养，成功了，养殖户这才逐年增多。至今全村45户，除了外出打工或人手不足的少数几户人家，各户都办起鸡场养了鸡。而那"成功"的标志，主要体现在"销路"上。

说来也巧，开头那个养殖户首次放鸡上市，就有个客商同他挂上了钩。从此，自己不必跑市场，那客商直接上门要货。更为可喜的是，村上养的鸡越多，客商来的也越多。大车坝村的靓阉鸡，通过他们远销到广州、深圳、珠三角以至香港等地去。大车坝村因而名声远扬了。

然而，大车坝村要长年大批量养鸡，光有销路是不够的，还得解决饲料供应问题。比如说，你一下子养了2000只鸡，这算是大批量了，但是，当它们进入长肉期，你就得三天两头跑市场、运饲料，这就不好对付了。大车坝村是个偏僻小山村，跑运输是不太方便的；而自己的责任田却又万万不能丢开。两下里一"夹攻"，你就会感到"多一只香炉，多一只鬼"，陷于顾此失彼，穷于应付，疲于奔命的境地。

因此，在解决饲料供应问题之前，大车坝村人只能够小批量养的"季节鸡"，即每年于农历6月份买回鸡苗，开始饲养。要把这刚挣脱蛋壳的雏苗养成出栏"大阉鸡"，需要160－170天，那时，正好是春节前夕，人们在积极筹办年货。这"年货"中，鸡占着主要位置："阿公"要鸡过年；人过年也要鸡；请客送礼，更是少不了鸡。鸡进入了消费量最大的时节。人们便把这批鸡叫"季节鸡"或"年鸡"。

自1991－1996年，大车坝村都养的"年鸡"。1996年末，时来运转，雅塘镇有个饲料客商来到大车坝村，同各肉鸡专业户签订合同，由他按质、按量、按时供应鸡饲料，送货上门；只需一个电话，随叫随到。这下可好，有了上门买鸡的，又有送饲料上门的，大车坝村的养鸡专业户可以大展拳脚，放开胆子干了。他们还从中明白了一道理：原来这生意钱，是大家一起赚的。

大车坝村人于1997年突破"季节鸡"的局限。一年当中，养鸡专业户至少出栏肉鸡三批（多者四批、甚至五批）：春节后买回第一批鸡苗，养了 3 个月，就买回第二批鸡苗，和第一批（已成中鸡）的分隔饲养；再过 3 个月，头批鸡正好长成肉鸡全部出栏，接着买回第三批鸡苗，和第二批（中鸡）的分隔饲养。当这第三批鸡苗长成肉鸡，便是当年的"年鸡"。每批鸡苗都超过 1000 只，三批合起来，总数在 4000 只以上。平均每只鸡赚 5 元，每个专业户的年收入达 2 万多元。

当然，还有一点很值得注意的"历史经验"，就是改革开放政策好。不然的话，养 3 只鸡的是社会主义，而养了 4 只鸡以上的便是资本主义，那就"无得谈"的。

第二次采访，是在立秋过后，估计晚造秧苗插完了，我便开始行动。

这次采访，因为有了第一次的经验，目标已经很明确了，我就是冲着大车坝村头一个批量养鸡户来的。

户主姓赖，名炎辉……

对了，这大车坝是个刘姓村庄，赖姓人家，唯独炎辉一户。这是怎么回事？

历史老人告诉我们：1951 年的土地改革运动，广大贫农、雇农斗地主，分田地。地主的土地质量好，全被分光了。地主没有了土地，咋个生活？就看哪个村的土地多，把他们安排到哪个村去，以便把他们改造成为自食其力的劳动者。赖炎辉一家就是这样来到了大车坝村的。

用今天的眼光看，当年能够被划为地主的，都有点儿"经济头脑"，并且具有遗传性。一旦时运合，这点遗传基因——"经济头脑"，便在下一代人身上起了作用。

改革开放之后，党中央明确指出，无产阶级与资产阶级之间的矛盾，已经不是国内的主要矛盾。在奔小康致富的道路上，不论是哪一个阶级出身的人，都以平等的身份站在同一条起跑线上，进行公平而有尊严的竞赛，就看谁跑得快了。有好些地方，倒是地主阶级的后人起步快，不经意成了致富嚆矢。人们不禁惊呼：地主毕竟是地主；过去当了地主，如今同样在当"地主"（先富者）。

作为地主阶级第二代传人的赖炎辉，可以说是这方面的一个典型例子。

赖炎辉，男，1934年生，1949年毕业于廉江县石岭文中。他是民国年间最后一届初中毕业生，在文盲充斥的贫穷落后的农村，算得上是个大知识分子。不幸的是，他的家庭在"土改"时被划为地主，让他被难二十多年，忍受了种种无端与荒唐，什么"阶级敌人人还在，心不死"啦，"梦想变天"啦，不一而足。直至邓小平第三次出来工作，景况才有了根本性的好转。

那时候，又是改革开放，又是真理标准大辩论，又是战略重点大转移——从以阶级斗争为纲，转移到以经济建设为中心，紧接着的是分田到户……面对这一切巨变，他那几十年特殊的人生际遇所带来的政治敏感性，让他听到了时代的列车转换轨道的隆隆声，感觉到一个前所未有的崭新世界即将出现，同时还看到自己出头的日子已经来临。于是，他身上的一股被压抑多年的激情与活力，一下子迸发出来，决心告别那没有梦想、也不允许有梦想的日子，在刚刚承包的土地上大显身手，努力创造属于自己的梦想。

在"经济头脑"的作用下，赖炎辉首先想到的是，种植名优产品廉江红橙，紧接着，兼与批量饲养季节鸡，即是前面提及的"村中只有一户人饲养"，便指的是他。此二者都获得了成功。到得1991年，赖炎辉的红橙和季节鸡二项相加，年收入达二万多元，成为大车坝村脱贫致富第一人。更为可贵的是，他在赢得财富的同时，还赢得了尊严。便因势利导，以其辉煌的成果引领全村人走上了养鸡致富之路。

面对着一个大难不死而又创造了奇迹的奇人——赖炎辉，我不由想起当年土改斗地主的情景来。那时候，有一段时间，天天在斗地主。"不劳而获"和"坐享其成"两个成语使用的最多，已经成为家喻户晓的口头语言了。我就看见一位老贫农斗争地主说："你们地主佬，不劳而获，坐享其成，而生活腐化——朝鱼晚肉中午鸡……"你们听，那时能够"朝鱼晚肉中午鸡"的，在农民眼里，便是"生活腐化"了。我因此问起赖炎辉，当年他家的生活是否达到这个程度？赖炎辉摇摇头说，没有。他告诉我，他家只是个小地主，日子并不好过，生活上仅以填饱肚子为限。一年到头，难得几回闻到鱼腥肉味的。

赖炎辉转过脸去，沉思了一会儿，又感慨地说，比起当年，如今不知好了几倍了，真正能够做到"朝鱼晚肉中午鸡"——都已经吃腻了，还嫌不太好吃了呢。

荔枝山村

【导读】荔枝山村拥有如此令人『赞叹和敬畏』的道德律，这表明……荔树山小学的办学方向完全正确。

我敢肯定，村上有一座大山，山上长满着高大婆娑的荔枝树——或者曾经有过这么一个葱蓊厚密的荔枝林，这村名便叫"荔枝山"的。

果不其然，情况正同我的猜测完全一致。我真有点儿为自己的"判断力"感到自豪了。

廉江市营仔镇垌口村委会的荔枝山村，位于高高耸立着的荔枝山脚下，面向东南偏东方向。全村60来户，近400口人，拥有水田250亩，旱坡地60亩，至于荒山……此地荒山野岭不少，但是属于该村的，就只有村后这座荔枝山了。

据说，这荔枝山上原有个硕大的荔枝林，林中的荔枝树茁壮粗大，二三人合抱不过，虬桠扶疏，枝叶繁茂，遮天蔽日。营仔镇是个沿海镇，地处北部湾岸上。1958年"公社化"时，刮起一股"共产风"——我的是我的，你的还是我的（见刘少奇《论共产党员的修养》）。荔枝山上高大的荔枝树便被砍了去造渔船，剩下的枝条及较小荔树，用以烧炭炼钢铁。好端端一个荔枝林，就这样永远消失了。

除了逝去的荔枝林，这荔枝山村还有一处引人注目的地方，那就是荔枝山小学。

提到学校，便涉及了中国农村的教育问题。历史上，自从孔老夫子设塾施教，开创了具有中国特色的教育事业，并提出了"学而优则仕"的"说法"，再加上日后推行科举取士的制度，使得许多读书人"朝为田舍郎，暮登天子堂"，中国传统的农耕业，就变成了"耕读业"。一面耕作,以获六畜田桑之利;一面习读,枯守青灯黄纸,以求入仕晋爵之幸。"耕读传家",便是中国几千年农业社会的独特之处。读书人有了"暮登天子堂"的机遇,便产生了"万般皆下品,唯有读书高"的论调。难怪荔枝山村尊师重教成风,在新的历史时期仍节衣缩食,花大钱办教育。

这荔枝山村,是个张姓村庄。在百家姓中,张姓是个大姓,树大根深,枝繁叶茂,绪脉纷纭,不是几句话能够说清楚的。仅就荔枝山村而言,从第一代开基至今,已经有了第二十一代传人;按一代 20 年计算,计有 400 多年的历史了。几百年来,荔枝山村人都读的什么书?怕只是"人之初,性本善"和"子曰诗云"之类的玩意儿,也出不了什么"人物"儿。直至 1948 年,才有一个名叫张炳贤的初中毕业生荣归故里。当时,张炳贤一面献身于本村的教育事业,一面协助地下党做些秘密工作。全国解放后,穷人翻了身。党的政策,要求男女平等,穷人家里的男孩子和女孩子都可以上学了。教育事业大发展。荔枝山小学需要增加一名教师,于是就地取材,让村中高小毕业的张炳武加盟。紧接着,新中国政府接管了旧学校,该校成了廉江县营仔第十四区仰塘乡荔枝山初级小学,是仰塘乡小学(总校)属下的一间分校。由于班额不足,便把一至四年级合为两个复式班,两名教师,正好一人一班。初级小学毕业后,要通过考试录取,方可进入总校仰塘小学念高小。张炳贤和张炳武二人,成了荔枝山村即荔枝山初级小学领取国家工薪的第一代人民教师,钦称一代宗师。

大家知道,学校的业绩总是与"升学"紧紧连在一起的。1958 年,是荔枝山初级小学收获最丰的一年。该校服务范围内的三个村庄共 21 名初小毕业生,考上高小的 17 人,升学率达 80%;其中本村毕业生 14 人,升学 11 人,升学率亦为 80%。

荔枝山村距离仰塘小学 3 公里。村中的高小生不能走读了,要在学校寄宿。学校没有饭堂,寄宿生要自己开伙。课后,他们各自找来三块砖头,摆成个"品"字形,这便是"灶"了。几十个寄宿生同时起火,争分夺秒地为碌碌饥肠忙乎着。几十个火灶散布在一大片空地上,为学校增添了一道奇特的风景线。那熊熊的火苗，燃起了莘莘学子的希望与憧憬，燃起了他们对一切知识不屈不挠的追求。

1958 年，又是"三面红旗"招展的年代。"人民公社"之花遍地开。原"营仔第十四区"改为"营仔公社"；"仰塘乡"改为"仰塘大队"；"荔枝山农业合作社"改为"荔枝山生产队"。过不久，由于仰塘大队范围过大，从中划出一个垌口大队，荔枝山村归垌口大队"建制"。那时，每个生产队都成立公共食堂，开大锅，一日三顿干饭不含糊，社员们必须放开肚皮吃，寄宿生们因而有幸"风流一时"。可是，不出三个月，粮食告罄，人们陷入了"三年困难"时期。这会儿寄宿生们可惨了，一人一星期拿不到 1 斤大米。例如荔枝山村的张玉珍、张许光姐弟俩，每星期只从生产队食堂里领到一斤半大米、20 斤番薯。从星期一至星期六中午共 11 顿（学校每天二顿制），按人按顿一平均，这么点子东西实在太少了。而家里人在食堂里吃的更少。对于外出读书郎，这已经是很特殊的照顾了。

荔枝山村这 11 名高小生毕业之后，有张许光等 4 人考上了县属安铺中学初中部，其中 1 名女生。还有 2 名成绩不错的，只因年龄大了，按规定不能报考正规中学了。

依照党的政策，来自农村的中学生可以将户口转到学校，由国家每月供应 26 斤大米。实话实说吧，广大农民是大米的生产者，但他们每人每月是吃不到这个数的，主要靠的杂粮过日子。可见国家对教育的重视了。家庭生活困难的学生，还可以按月领到一点助学金：一等 4 元，二等 3 元，一般都有 2 元。经个人申请，班上民主评议、学校领导批准，张许光等人每月领取助学金 3 元。当时大米的价格是，每斤 1 角 8 分，足可以买回当月的 26 斤大米了。

学校饭堂开的学生菜，每餐 3 分钱：一碟豆芽，或者一碟蕹菜，更或者一碟蒜苗煮猪红（血）。张许光他们如果一个星期能从家里拿到 5 角钱，生活上便会显得非常好过了，可惜的是，他们往往 1 分钱也拿不到。他们只好另想办法：到学生饭堂后面的国营饭店倒酱油下饭去。

荔枝山村 4 名初中生毕业之后，能够升上安铺高中的，就只有张许光一人了。不是成绩上的问题，而是经济上的问题，家里太穷，实在支撑不下去。

张许光的三年高中念的亦颇为艰难。国家每月供应的26斤大米，皆因国家碰到"困难"而被取消了，生产队的食堂业已解散。张许光要从自己家里带粮食到学校开饭。家里劳动力少，姐姐已经出嫁，妹妹们年纪尚小，就只父母亲两个人干活。生产队的生产一直上不去，家里的经济收入极其有限。"新三年，旧三年，缝缝补补又三年。"这便是张许光一代人生活的真实写照。

有梦不计人生寒。张许光这一代读书人，算得上是真正的"君子"，为了那迷人的梦——"暮登天子堂"，他们"食不求饱，穿不求暖"，从小学一直读到高中毕业。

可是，他们的"梦"破灭了。

1966年，张许光辈正当毕业，想不到来了个"史无前例"，大学没的考了，深造、进取之路已被堵死。张许光在学校滞留一年多，百无聊赖的，觉得"不如归去"，便于1967年下半年回到自己的故乡荔枝山村。

岂知机遇就在乡下。

"文化大革命"这股风猛地一刮，教育战线上出现了奇特的现象：农村子弟读初中不出大队；读高中不出公社；读大学不出县境。廉江县21个公社和2个镇，原只有7间中学；其中3间为完全中学，其余4间只有初中部。这会儿，除了2个镇同原来一样，各有一间完全中学，其余21个公社都办了高级中学（不含初中），而初中都下放到各大队去办。全县339个大队的339间完全小学（总校），都有个"附设初中班"。学制"五二二"，即小学五年，初中、高中各二年。此外，县里还有一间劳动大学，简称"劳大"。真可谓大发展，至少在数量上是这样。

这便引发出另一方面的问题：教师奇缺。大专院校、中等师范等单位早已停止招生，上头没有教师分配下来。事已至此，县教育部门只好"拆东墙补西墙"，从原有的小学教师中，把有水平、有经验的抽去教高中；剩下的小学教师，主要力量用以应付初中的教学。如此一来，不单初中教师严重缺额，小学教师更是大幅空白。于是，当地的高中生、初中生甚而至于小学毕业生，一拨儿接着一拨儿涌入学校，充当民办教师，以缓解燃眉之急。——不就是一名"民师"吗！竟然没人嫌弃，正如一句俗话说的，"饿猫不嫌死老鼠"。对于一群"饿猫"——张许光们的"机遇"，即在于此。

民办教师的待遇，相当复杂，各地情况各不相同。但是，有一点可以肯定：民师的报酬，主要由当地农民解决；多一个民师，就多一分负担。农民对此似乎也没甚意见。这便出现一个怪现象：人们一面说"教师是臭老九"，一面又拼命地往教师队伍里钻；一面絮叨着"读书无用论"，说什么"读书读我卵，不比耕田饭大碗"，一面又非常热心办学。一如哲学家所言："世界充满矛盾""没有矛盾，就没有世界"。

打倒"四人帮"之后，真正迎来了教育的春天。这时候的荔枝山小学，虽然只是总校垌口小学的一间分校，但已经是一间拥有一至六年级的"完小"了，在校生一般为 90－120 人。正因为有了这么一间小学，源源不断地往上一级学校输送合格的人才，自恢复招生考试制度以来，荔枝山村年年有人升上初中、高中，从而考上大专或者中专、师范的。加上"文革"前的老初中、老高中通过招工、招干；"文革"中的民办教师通过转正等途径，荔枝山村跳出"农门"的人，为数不少。要知道，对于当今农村的读书人，这"暮登天子堂"，便是跳出"龙门"啊！跳出"龙门"这码子事，让荔枝山村人的生活异彩纷呈，日子过得有滋有味。就说张许光吧，他早就转为公办教师，今儿个已是廉江一中英语科的教学骨干，并且举家进了城了。

村里出了人才，村民的办学热情更为高涨。1988 年，荔枝山小学服务范围内的三个村庄 600 多人，按人丁每人集资 80 元，得款 5 万多元。村民们在山腰上辟出一方宽阔的平台，在此建起了一栋拥有 6 个课室的二层教学大楼，就把这荔枝山小学从山脚下搬了上来。1997 年，又每人集资 20 斤稻谷，外出工作人员每人捐资 100 元以上，不足部分，由村中一名外出搞建筑的张荣包揽，建起一栋三层高含 6 个套间的教师宿舍楼。该校 5 名教师一人一套，还剩下一套作办公之用。

这宿舍楼面南，耸立于村子出入的主要通道上。四面外墙贴上纯白色条形瓷片，于太阳底下闪着亮光。那鲜明、挺拔的楼体，显得高大而堂皇。楼顶上的一块大匾，书写着"荔枝山小学"几个醒目大字，昭示行人。

新的荔枝山小学如此引人注目，可谓今非昔比。感慨之余，人们不禁要问，该校一代宗师今何在？

笔者到访时，荔枝山小学第一代人民教师张炳武已经作古。张炳贤教师尚在，只是落得个半身不遂症，卧床三年了；师母已先他而去，便一直依靠子女及儿媳们的照顾。

俗话说，"牛老好做菜，人老冇人爱"，又说"久病无孝子"。在张炳贤家里，倒是人老见爱心，久病显孝道。长子张增新，峒口小学附设初中毕业后，一直在家务农。次子张洪继承父业，在峒口小学任教有年，工作繁忙。二儿媳许琼，何等贤惠，放弃了广州打工的优厚收入，家来照料病人。她同哥、嫂分工负责：她值日班；哥、嫂值夜班。如是，病人一天24小时都有人在身边打理。一年三百六十五日，天天如此。尤其难能的是，二儿媳许琼用理智填平了她与公公之间的深深代沟，并从心理上摈弃了男女之间的性别障碍，经常自己一个人为公公擦身，洗澡，清理污物，换洗衣服。不嫌脏，不怕臭，侍奉到家，服务周全，让一个病人享受着正常人的生活。村里村外的人都夸她有孝心。

除了家中亲人的至亲至爱，张炳贤还享受到村中兄弟及众弟子的尊敬和爱戴。光教育线上，在张炳贤手下，已经培养出了第三代教师，可谓"徒子徒孙"。中国有个古训，一日为师，终身为父。如今张炳贤卧床不起，村中兄弟和他的"徒子徒孙"们都把他当成自己最亲的人，经常前来探视和慰问。因此，他虽囿于病榻，并不感到孤单与寂寞。

在荔枝山村里，在张炳贤家中，充满着爱的美德。

德国哲学家康德说："有两样东西，我们越是持久和深沉地思考着，就越有新奇和强烈的赞叹与敬畏充满我们的心灵：这就是我们头顶的星空和我们内心的道德律。"荔枝山村拥有如此令人"赞叹与敬畏"的道德律，这表明，张炳贤一生教学获得了成功，不但给予人知识，还让人懂得如何对待自己，如何对待他人，从而滋生了一种对生命的拥抱、对人性的热爱的情愫。一句话，荔枝山小学的办学方向完全正确。

马塘岭村

【导读】 一个下岗者，为了生计而立志创业。失败了，再创业；再失败了，又再创业……如此反反复复，跌宕起伏，终以坚强的意志和不屈的精神，开拓出一片属于自己的新天地。

　　这是一个刚诞生不久的新村，全村就只一户人家。户主一家人在城里先后下了岗，辗转到此荒野中承包马塘岭，办起了一个大型养猪场。户主率家人合力奋斗，开基拓业，成绩惊人，被团中央誉为"全国养殖大王"。我是慕名前来采访的。此地原名"猪场"，而人在荒野间定居的场所，我们都叫"村"；我这里写的又都是"村"，征得了主人的同意，便以"马塘岭村"名之。

　　户主一家人是怎么从城里到此落户创业的呢？这得从头说起了。

　　户主名黄李成，原为广东省廉江市安铺镇西街人，1945年生。父亲黄庭贝，是个有名的铁匠，不仅能打造各式利器、用具，还能修理枪支、器械，曾给当地游击队帮过大忙。黄庭贝生下四男三女共七人，黄李成排行老二。新中国成立初年，黄李成入学读书了，父亲则来到安铺造船厂当技术工人。该船厂是造的木头船，也造些水泥船。黄庭贝负责机械修理，以及打造造船的铁钉。黄李成1967年高中毕业，正赶上"文化大革命"，大学没得考了，也来到造船厂当技术工人，不过不是父亲那个安铺造船厂，而是安铺水上运输公司属下的一间造船厂。安铺就这么两间船厂，父子俩一人一间，占尽了春风。

　　在厂里，父亲是技术上的一把好手，儿子黄李成也不赖。黄李成在学期间，就在家里见到父亲看图纸，摆弄机件什物，不仅耳濡目染，还经常有机会给父亲作下手，有时甚至替父亲独立完成某个工序。如今，他具有高中文化基础，加上头脑灵活、机敏，进厂不久，就干得比父亲出色了。

　　就在黄李成执掌造船厂技术牛耳期间，安铺水上运输公司也真够"火"的。船厂造出的船只，交给运输公司，立即投入水上营运，跑广州，奔海南，闯北海……运不完的货物，跑不尽的涅程，收不完的经济效益，载不下的满心喜悦……

可是，好景不长。改革开放之后，私人车辆大量涌现，灵活、多变的陆上运输，无情地冲击着相对难以变化的水上运输业。安铺水上运输公司已是英雄末路，风光不再了。黄李成只得下岗。

毋庸讳言，下岗，即失业。黄李成头一回碰到此等事情，感觉到有许多不可知的挑战在等着他，于是一股巨大的生存压力压在他身上，心中不禁惶恐，整天焦虑不安。但是，人总得活下去，这便要创业——找点事做的。干什么呢？由于中国实行的低工资制，作为领工资过活的人，不管往日在人前多么"风光"，囊中却是极其悭涩的。如今两手空空，是谈不上什么"投资"，要创业，只能够白手起家。黄李成便选择一些"短、平、快"的项目。于是，他养起了蜜蜂。

作为20世纪60年代"老三届"高中毕业生，黄李成文化基础好，头脑灵活，加上下岗后一股生存危机感的驱动，他变得更加善于学习，勇于实践，敢于创新。很快，他的蜜蜂发展到110箱。虽则一年中只在3－7月间割蜜，但是，每箱蜂可割蜜30斤，110箱蜂年产蜜就是3300斤。医药部门以每斤2元的价格收购，黄李成养蜂的年收入达6600元，比以前厂里的工资收入多了10倍。

通过这次择业、创收的经历，黄李成便觉得"下岗"并不可怕，也不见得都是坏事。自谋职业也并不神秘，不就是自己决策，自筹资金，自主经营，自负盈亏吗！一句话，自己干自己的，反倒轻松，自在。

正当黄李成踌躇满志时，想不到碰上一场蜜蜂瘟疫，真糟糕！那是1987年的事。至1988年，当地的蜜蜂基本死光。黄李成又要第二次"下岗"了。

黄李成的第二次择业比较顺当。有人要出手一辆解放牌旧卡车，价格低廉，才几千块钱。黄李成原是搞机械修理的，很内行，他看出这辆旧车经过一番修理便是好车。于是黄李成买了过来跑运输，让新的梦想开始扬帆起航。

当时，各种类型的个体户非常多，私人生意兴隆，需要运载的货物源源不断。就算不分日夜地运，也是运不完的。只要你舍得一身苦，不愁没钱赚。黄李成就凭这辆旧车，月收入几千元！相当于往时养蜜蜂一年的收入。用他自己的话说，这是他一生中最辛苦也是最快活的时期——他周身都是钱，他家里随处都可以碰到钱！一向过惯拮据日子的黄李成，深深地沉醉在艰苦创业带来的成就感之中。

颇具讽刺意味的是，陆上运输夺了黄李成的"饭碗"，如今黄李成买了汽车，又夺回了原属于他的那份运输业务。他蒙眬地意识到，这或许就是市场！就是竞争——适者生存，不适者淘汰。

跑运输，尽管赚钱，毕竟是件辛苦事。黄李成"风光"了好一阵子，见好就收。旋于安铺开餐厅，专营早餐。但是，由于经营不善，跟着也关门大吉。

黄李成转来转去，还是转回到运输业上。

这时候的黄李成已不同往日。他手上有三辆大车：一辆日产五十铃专跑广州线，来回运货；一辆拖卡大东风，专为糖厂拉甘蔗，非榨季兼营短途运输；还有一辆专跑湛江线的大客车。他手下共有7名司机，他自己当起了大"老细"来了。那是1991年的事。

天有不测风云，人有旦夕祸福。一位司机出事了——撞了个一死一伤。

因了这伤者，案情跨时三年，至1994年结案。黄李成共损失16万元。这大"老细"便当不了了。这个沉痛的经济损失让他看到，原来在创业的路上，挫折与成功共舞，艰难与坚强并存，泪水与欢笑同在！

黄李成又一次做了"不适者"，让运输业给淘汰了。必须另作谋划，去开辟一个未知的新天地。

所幸的是，中国不断深化的改革开放衍生出一个多元化的经济社会，具有海纳百川般的包容性，创业的空间何其宽广，择业者可以有多种多样的选择。1993年，黄李成同一位朋友合股，在遂溪县城开办一间轻工机械厂，二股份共投资80万元，为糖厂、水泥厂生产机械设备。这正是黄李成的本行，办了这轻工机械厂，黄李成好像找到了自己的家。而巧不可阶的是，当时的糖业、水泥业正兴旺发达，黄李成的厂子也跟着"发"起来。自1993年－1995年的三年间，便是连续的发、发、发！

从1996年开始，糖厂、水泥厂受到一种叫"三角债"的影响，都在走下坡路，殃及了黄李成的轻工机械厂。活倒是有的干，图纸一捆一捆的送来，只是收不起钱，只给打白条，没有办法，厂子只好关闭。

黄李成这回来到廉江市青平镇石圭坡325国道旁，开了一家桃园酒家。

黄李成来到石圭坡，还有一段小插曲呢。

石圭坡村委会，位于青平镇东头，村子坐落在325国道南面之下方。新中国成立初年，国道开通，直通越南，村里一谢姓人家来到国道旁开了一爿路边店，干起了买卖的营生来。自此，这里便有个石圭坡上落站，路边店主人则成了当地唯一的一户居民户。到得"上山下乡"期间，店主谢华胜与黄李成从各自家里不约而同地前去探望上山下乡的弟弟，二人因此相遇、相识并相知，很快成为至交。

谢华胜了解到，安铺有间练武堂，黄李成在校就读期间，就一直利用闲暇时光到此学习武术，练就了一身好武艺，成为当地数一数二的武林高手。便向大队党支部书记提出，聘请黄李成前来教习武术。

石圭坡大队党支部书记名叫谢礼南，是该大队屋背埇人。他很赞同谢华胜的意见，并将武术教馆设在自己的屋背埇村。而黄李成觉得，此地民众忠厚，民风淳朴，又有党支部出面管理，学了武艺不会打家劫舍去的，也就接受了聘请。当然，他们彼此也曾议及了聘金问题。黄李成是个爽快人，他说："石圭坡地瘦人穷，聘金高了，你们出不起；聘金低了，我又觉得没意思——干脆就免了罢！我给你们当个义务教习。"

当时，黄李成正在水运公司造船厂工作，他是利用假日骑自行车到屋背埇村教习武术的，一直坚持至今。不管工作怎么变动，不管是养蜜蜂，或者跑运输，抑或是在遂溪办工厂，他都抽空过来执教。多年来，黄李成培养了不少弟子，同当地群众结下了深情厚谊。尤其是谢华胜的二儿子于年前考上了广州武术学院，曾轰动了一时，黄李成的声望更高了。因此，黄李成这次从遂溪撤资转产，首先想到的落脚点便是石圭坡。

桃园酒家可以说是惨淡经营，没甚起色。作为国道旁的酒家，接待的多半是长途汽车司机。黄李成发现，每天都有许多大卡车，满载着又肥又大的生猪，停在自己酒家门前歇息。经与司机攀谈，知道这是从广西收购来的，要远运到广州市、珠三角等地去。司机说，他们来回奔跑，日夜抢运，仍然供不应求。

在商海几番逐浪沉浮、历经诸多磨难的黄李成，已经具备了很强的市场意识和商品洞察力。他的这种特有的商业敏感性敏锐地觉察到，广州方面存在着一个广阔的生猪市场，养猪业潜藏着无限商机！

传说仓颉造字。且看这"家"字的结构：屋（宀）里有"豕"便是"家"，多符合实际。中国原是个农业国，一向以农为本，以农立国。可以想见，猪一直伴随着我们的祖先走向了文明，"五谷丰登，六畜兴旺"，便成了"农耕文化"的最高境界。就算在当今时代，毛泽东主席不也号召"大养其猪"，要做到"一人一猪，一亩一猪"吗？因此，在农村，可以说是无"豕"不成"家"的。这一切，充分体现出猪存在的历史意义和现实意义。不过，在黄李成看来，农户养猪欠规模，尽管"屋"里有"豕"，却一直未能"发"起来，充其量只能够当作家庭经济的补充，成为一项家庭副业。

在石圭坡地盘上，黄李成的事，大家都关心；酒家的生意不景气，大家都担心。有一天，石圭坡村党支部书记谢礼南特意找他谈话，说是时下到处都在"开发"搞种养，石圭坡没什么拿得出的，荒山野岭倒有的是，就"送"他一个山头，让他搞点什么。

这可巧了！黄李成眼睛一亮：一个山头，搞点什么……当然是"养猪场"！不过，黄李成说："山头不好'送'，你们的心意我领了。要就订个合同——搞承包吧。"

黄李成没有接受这份"大礼"，凸显了他为人处事的公正与成熟。

支部书记说的那个山头，名叫马塘岭，是屋背埇村的。离325国道3公里，离屋背埇村及周边村庄约2公里，一条乡间车道从马塘岭直通325国道，交通还算方便。马塘岭不高，是个低矮的、坡面平缓的小山包，东西长二百多米，南北宽一百多米，面积40多亩。

黄李成请来推土机，在山的三面边界上，推起一条小围堤，堤面上种上荆条，长大了便是一道天然的绿色围墙；眼下荆条未长成，便在堤上打上木桩，系上木条围起来。西头路口上，垒起两条砖柱，两柱间装上一副栅栏大铁门。山脚下推出一口狭长的池塘，池塘那边，也种上荆条，与这边的合拢。整个场地，揭橥分明，一目了然。猪栏、人舍、安水、拉电等简单而必要的设施搞好了，黄李成的养猪场开始了试养。时间是1996年10月，从广西博白购回优质猪苗100头，喂养3个月，顺利出栏，共获利3万元。创业路上一炮打响，黄李成无比欣喜。

黄李成的小九九是这么算的：所购猪苗在80－100斤之间，每头平均价300元；喂养3个月，每头猪平均投料400元；出栏时，每头猪平均卖得1000元。如是，每头猪获利300元，总数3万元。

这3万元的利润，不过是"小荷才露尖尖角"，大手笔还在后头呢！黄李成进一步想，如果自己养母猪、自己加工饲料，赚的不是更多吗？于是，他决定养母猪，走"自繁自育、科学发展"之路。

恰在这时，黄李成的妻子麦水莲，从河堤医院的护士长岗位上下岗了，跟着，他们的独生子黄俊豪，也从河堤医院的司机岗位上下了岗，他们母子俩都来到黄李成身边。这时，社会上有不少人辞去公职，下海经商，从另一个角度去体现自身的人生价值。因此，母子俩之下岗，也没感到什么难为情的，一家人能够聚在一起，反觉得是一件好事。

这偏僻荒凉的养猪场，首次出现一位家庭主妇，跟着便出现一群鸡儿，一群鸭儿，还有几只狗儿。鸡鸣狗吠之声不时响起，

147

在寥廓的静空中，久久回荡。让人感觉到这莽莽山野存在着神奇的生灵，不单充满活力，还别具一番情趣。

村落，是人类文明的重要标志；家庭，是经济文化的重要资源。打从多了这么一位家庭主妇，可以说，黄李成的家已经像一个家，马塘岭村也真像一个村了。

全家人是清一色的下岗者。人走到这地步，已经无甚牵挂了，便全身心投入了养猪业去。1997年，购回第一批母猪100头；1998年，购回第二批母猪50头；1999年，购回第三批母猪31头。此外，另有公猪8头，是美国有名的优质种猪杜洛克，从美国运到上海，又从上海转运到南宁。黄李成是从南宁接手运回来的，每头公猪要价6000元人民币。

一头母猪两年下5窝仔猪，每窝仔猪10－13只，平均数达11只。黄李成养了母猪181头，从1997年至2000年，共出栏商品猪一万多头。一头商品猪纳的税在110元以上，三四年间，黄李成已为国家纳税一百多万元！这是他有生以来为国家贡献最大的时段。因此，黄李成于1999年被团中央的中国青年农村发展中心命名为"全国养殖大王"。这是社会给黄李成的最高礼赞。

黄李成告诉我，要养好猪，思想上必须做好两种准备。一种是准备吃苦。干农业有个农忙期，也有个农闲时，而干这养猪业，压根就没个闲，一年到头忙个不停。如果赶上母猪下崽，那就更忙了；有好些母猪偏要在夜里下崽，你还得跟着熬夜呢。每每把猪喂大一轮，人则要瘦落一圈的。

另一种准备是，学好科学知识。上了规模的养猪业，不同于农村的普通农户养的猪，那只是一种"副业"，一个农户只养那么三几头，就算养不好，也损失不大。而作为一个大型养猪场，则完全是另一回事了。所以，一定要科学养猪，把母猪养好多产崽；把崽猪养大多赚钱。为了这个目标，黄李成已为猪场投资了80万元（自筹），场内拥有猪舍、配套机械设备、储存仓库、化验室、消毒室、病猪观察室、治疗室、饲料加工场等设施。

黄李成还告诉我，母猪的最佳使用期为3年，3年后虽然还有较好的生育能力，所产的崽猪却长不快了；公猪的使用期更短，仅 2 年时间。因此，现有的母猪、公猪必须全部更换。在我到访之前，原有的商品猪已处理完了，正准备换上新种猪（公、母）——台湾杜洛克。它比美国杜洛克要好。

至于今后的打算，黄李成对我说，他计划再投资 150 万元，把猪场发展到 500 头母猪的规模。如是，每年将有一万头以上的商品猪出售，国家可获税收一百多万元，个人可获纯利一百万元。如是，马塘岭就会成为真正的"万头猪场"了。

上山村

【导读】 村人从没看过电影。那天晚上看了战斗故事片《南征北战》，第二天一大早，就有个老农挑着一担箩筐出来捡子弹壳。他以为，昨晚上打了一夜仗，肯定会留下许多子弹壳的。

大概是在"文革"初期吧，我听到了这么一个传说：廉江县塘蓬公社有个上山村，住在深山荒野里，山高岭陡，连鸟儿也飞不进去。村人虽不至于"不知有汉，无论魏晋"，但也确实难以同外界联系，几乎与世隔绝。因此，有关方面就让它自己一个村子组成一个生产大队——一个名副其实的"独立大队"。当时，尚未靠边站的县委书记了解了这情况，便给电影队下达一个指示：一定要进山给村民放一晚电影，让他们好好感受一下现代文明的气息。那晚放映的是战斗故事片《南征北战》。第二天一大早，就有个老农挑着一担箩筐出来捡子弹壳。他以为，昨晚上打了一夜仗，肯定会留下许多子弹壳的……

　　这个"传说"，给上山村蒙上了一层神秘的色彩。我对上山村也就特别的感了兴趣。自那时起，我便盼望着有朝一日能够进山入村，一睹庐山真貌，于刀耕火种的遗址中寻觅现代文明的倒影。

　　改革开放之后，上山村与外界的接触日渐增多，村人知道了"外面的世界真精彩"。外人亦发现，村里聚居着十多个少数民族的姊妹，便送它一个雅号叫"民族村"，修了一条上山的村级公路，使之成为廉江市一个重要的旅游景点。这会我可有机会上山去了。

　　第一次上山，时间比较仓促，许多事物儿来不及细看、细问。我仅了解到一点，上山村人都姓冯。此外，我就只注意一样东西：村中一块不算太大的空地上立着一座碑。碑的上端写着"民族村"字样，碑的下方有一段铭文：

明末，一寡妇携子由高州府逃难至此落脚，劳作与繁衍至今已20代。现有487人，水田37亩，坡地18亩，山岭2800亩。男子多娶外地少数民族女子为妻，迄今汇有壮、瑶、苗、回、侗、仫佬、土家、水、纳西、黎、羌、布朗、京、毛南等15个少数民族。所生子女计347人，占全村人口71.2%。遂成民族村。

2000年5月8日

这段文字尽管过于简约，毕竟已翻开了尘封多年的历史。人们不难想见，这位冯门寡妇携子避难穷陬，在"山高皇帝远"的地方落户，在地老天荒的恶劣环境中创榛辟莽，开发鸿蒙，筚路蓝缕，艰苦逾恒。他们如此"劳作与繁衍"，是要承受历史与自然的双重重压的，这当中要付出多大的代价啊！时至今日，寡妇的后人都成了我们的衣食父母，这便令人更为感佩了。

过不几天，我又第二次进山入村。这次时间比较充裕，了解到比较多的东西。

你看，以那空地上的"民族村"石碑为中心，南面是双峰嶂，北面是尖峰嶂，东面是樟塘岭，西面是岭栋山。这几座山围成一个狭长形谷地。在此仰望蓝天白云，这天空似乎狭小了许多。石碑下方，便是碑文上说的那片37亩水田。上山村的几十户人家，就散落在空地和水田周边的山腰上或山脚下。而这37亩水田的下方，便是小型的上山水库。一条小溪流从北面的尖峰嶂底部往南涌泻而下，沿着西边的岭栋山脚，经过空地、水田而蜿蜒入注上山水库。就因为这水库，淹没了大片耕地，该村仅剩水田37亩。村人的口粮要靠国家补贴。

俗话说，山有多高，水有多深。有高山，必有流水。这溪水就是从山里溢出来的泉水。春夏秋冬，寒来暑往，这溪水从不见减少，长年流淌不息。难怪上山水库应运而生了。望着这"清流激湍"，你会想起昔日王羲之等人玩的"曲水流觞"游戏来。

这次进村，我的注意力就放在石碑上说的"繁衍"问题上。

提起此事，上山村人怕会在历史面前感到汗颜。要知道，旧社会实行的婚姻制度，人们称之为"盲婚"，婚配前，男女双方不能见面，没有选择的自由。这对穷困、落后的上山村，似乎还有点儿"好处"。历年来，村人就凭媒妁之言、父母之命，加上一笔可观的彩礼，轻易把那娘儿们给娶进这山里来，从而解决了薪火相传的大问题。可是，全国解放后，旧社会变成了新社会，颁布了新的婚姻法，废除了封建的由父母包办的买卖婚姻；规定男女恋爱自由，婚姻自主，第三者不得干涉。这下可好！姑娘们谁愿意嫁到这闭塞的穷山窝里？因此，20世纪五六十年代，在上山村三十左右个男性后生中，就有十多个一直娶不上亲，一辈子在打光棍，光棍率竟占40%。上山村人面临着从未有过的严峻挑战，在"繁衍"问题上隐藏着令人担忧的危机。

改革开放之后，上山村新一代年轻人，挡不住外部世界的诱惑，勇敢地冲出山门，走向社会，汇入"打工"的洪流，去迎接那近乎残酷的人生挑战。人家出门打工，主要目的是为了赚钱，增加收入，改善生活。而上山村人打工的主要目的，却是为了寻求爱情；老婆到手了之后，这才实行战略目标的重点转移——打工赚钱。因此，上山村人最初出门，并不考虑到哪儿能够赚钱，而是考虑到哪儿才能够找到老婆的问题。

就说冯光区吧，1982年初中毕业后，就没安分待在家里过。他最初来到广州一家私营音箱厂打工。收入还算可以，只是在广州这地方，找不到属于他自己的那份情感天地。冥冥中不觉过了三年。他苦闷、彷徨了。他偏又是个独子，家里人也很为他着急。

他——冯光区，1961年生，排行老三，上有二位姐姐，下有一个小妹妹。因为穷，二位姐姐从没上过学，小妹妹也只念完了小学三年级。而冯光区本人，12岁才入学就读，直到1982年21岁上，这才初中毕了业……来到广州之后，眼看三年过去了，这可咋办？

冯光区猛然想到，自己是山里人，应该到山区去寻找"出路"。对！山阿哥就找山阿妹去。于是，1986年，冯光区毅然离开繁华的大都市广州，跑到云南大理去打工。他会点儿"泥水"活，给人干建筑、搞装修。工程队的伙计们，多半是来自五湖四海，外地人与本地人融合一起。冯光区手勤脚快，心地善良，乐意帮助别人，别人也愿意帮助他。在别人的帮助下，不出一年，冯光区便与一位白族姑娘结为秦晋之好。

现任上山村委会副主任兼文书的冯光彪，情况相类。他的妻子也是一位白族姑娘，名叫刘凤珍，原是湖北省潜江县铎口镇城西乡信心村人。冯光彪初中毕业后，四处打工，闯荡江湖。命运之神让他来到潜江县，于 1985 年认识了刘凤珍，足足花了两年恋爱功夫，使出浑身解数，终于赢得了"辣妹子"的芳心。

刘凤珍是个有文化的人，普通话讲得不错。她告诉我只读了个小学毕业。我看不止。她已经学会了本地"僵"话，皆因我的"僵"话不怎么样，便以普通话跟她交谈。

刘凤珍告诉我，他们已经有了两个孩子，一男一女；男的 15 岁，女的 13 岁。娘家那边有父、母和哥、嫂、侄们。她曾带上儿女们两次回去探亲，一次是在 1989 年，一次是 1998 年。从廉江坐火车直抵武昌，再转乘汽车跑 5 个小时，便可见到娘家人了。

刘凤珍还告诉我，娘家那边的生活比她这边好。但是，这边拥有二千多亩荒山，潜力巨大。日前，有个广州大"老细"进山考察，说这是一块难得的净土，很有开发价值——办个高山茶场什么的。要是那样，上山村可要大变样的。言谈中，她对上山的前景充满了信心。

如果说上山村是个民族村，那么，冯文海家可是个少数民族之家了。冯文海和温贤芳是一对六十开外的老夫妇，他们一共育有 4 个儿子，除了老四，老大、老二、老三都娶的壮族姑娘做老婆。一大家人中，流着少数民族血统的成员占了大多数。

冯文海的胞弟冯文清，有个独子名叫冯道章的，初中毕业当了兵，1994 年退伍家来，经过几年的努力，老婆问题尚无着落。冯文海的二儿媳便回娘家，把待字闺中的妹妹唐俊介绍给他为妻。

唐俊，原为广西河池地区大化县七百弄乡人。大化县虽是个瑶族自治县，唐俊姐妹俩却是壮族人。唐俊于 1994 年考上广西师范学院经济管理系，1999 年毕业，是个自费本科生。如今，她唐俊已是上山小学的代课教师，月收入 300 元；他们的独子就快 2 岁了，还真逗呢。因此，唐俊对我说，他们家虽然还不富裕，但是小日子过得挺充实。

上山村的十五个少数民族的姊妹们，就是通过打工相识、相爱或者经人介绍等渠道，聚到一起来，构成了一个奇特的民族村落的。记得我曾从报纸上看过一篇文章说，人们的婚姻圈应该尽可能地扩大，这对人口质量的提高大有好处云。就当地而言，上山村的"婚姻圈"算是最大的了，毋庸置疑，村里的人口质量将会得到显著的提高。

木马村

【导读】 村里首批荔枝户作了极好的示范，把荒山变成一金山、银山，为该村的经济发展开拓出了广阔的空间。

廉江市石角镇的木马村，是个很有名气的村庄，《廉江报》《湛江日报》均有过报道，因此人们都知道有个木马村。她那绝处逢生、大起大落的经历，毫不含糊地给世人留下了惊叹与感慨！

　　对于木马村，笔者我心仪久矣，早想找个机会到村里走走，开开眼界去，但是，总因工作上无甚联系而缘悭一面。待退休之后，我不工作了，"工作上的联系"已成不了拦路虎。于是，我终于如愿了。

　　我在木马村住了三天两夜，了解了许多情况。

　　我最先了解到的情况是，石角镇政府给了我一份《木马村委会简介》。那上面说："木马村委会是由一个纯移民村子组成的村委会。目前全村200户，1095人，水田面积70亩，旱坡地323亩，山岭面积2000多亩……"

　　那么，这木马村是怎样变成一个"纯移民村"的呢？

　　原来木马村坐落在一个名叫禾塘岭的山脚之下，村舍依山势坐东北、向西南。村前是一大片阔洋洋的水田，总面积计有570亩。显然，这是木马村的主要耕作区。一条小溪流从水田中间穿过，它的下游名叫九洲江，是廉江市内最大的一条河流。怪不得木马村及村前的大片水田被众多的山头包围着，原来这是九洲江的发祥地，是源头上的一个大集雨区。

　　有山必有坡，木马村不仅拥有一大片水田和几千亩荒山，还拥有几百亩旱坡地，正如《简介》里说的。旱坡地多半隐没于荒山之中，视线所及，此间的环境是：群山环绕一片田。

　　凭着这片水田和这条小溪流，木马村罗姓人氏的先人在此落地生根，拓荒繁衍，迎来了朝阳，又送走了晚霞，如此生生不息，世代相传……在这漫长的岁月里，罗氏木马人留下许多辛酸的脚印，当然间中还有些许美好的记忆。

令木马人最为难忘的，却是共产党领导的互助合作化年代。那时候，村上人口不多，全村不到400口，人均水田面积超过了1亩。而新生的木马农业合作社正显示出巨大的优越性，让全体社员播种了希望，收获了喜悦——岁岁丰稔。除了水田里出产的主粮——稻谷，还有旱坡地出产的大量瓜豆薯芋等杂粮。社员们家家户户仓廪殷实，盘餐丰足，虽不是海味，却全是"山珍"；尽管手头不宽余，却能够填饱了肚皮。对于农民来说，这已经是很不错的了。木马人切切实实地过上了几年"手中有粮心不慌"的轻松日子。

可是，1958年后，木马村的景况发生了巨大的逆转。

那是一个"大跃进"年代，全国掀起了"大办水利"运动。人们激情满怀，干劲冲天，气吞山河；不仅"喝令三山五岭开道"，还"责令李白改诗句：黄河之水手中来"。为了彻底改变雷州半岛常年干旱的落后面貌，湛江专区决定：就在木马村的下方——九洲江的上游拦腰筑坝，兴建一个蓄水量为11.44亿立方米的大型的鹤地水库，开凿一条长174公里的青年运河，直贯半岛，灌溉面积达250万亩。工程之浩大，受益面之广阔，为历史所仅见。

同时，那又是一个崇尚"奉献"和不怕"牺牲"的年代。时代的主旋律是"顾全大局"：要局部服从全局，要为了"大我"而牺牲"小我"。面对着这浩大的工程，湛江专区动员了二十万民工上阵，他们一个个争着奉献绵薄，工程进展神速，于1958年6月动工，至1959年8月便告完成。自始，鹤地水库内的田地和村庄成了"水浸区"，木马等村子，则成了"移民村"。

就木马而言，所谓"移民村"，即把原住在山脚下的房子"移"到半山腰以上去。原来的老村场则成了水底天下；村子前面那570亩水田，被淹了500亩，原先一片如诗如画的肥田沃野，一下子变成了白茫茫一片浩渺的水世界。木马村人的生存空间，受到了致命的挤压。

人们知道，土地是农民的命根子。农民拥有土地，便拥有无穷的生命。可是，偌大一个木马村，仅剩得水田70亩，这够做什么？是的，他们还有323亩旱坡地，可是，那里只能够生产杂粮，至于主粮水稻，至今没有一门技术能够让它上山。人民公社化后，木马村共有6个生产队，一个生产队拥有的土地，没有如今库区外一户的责任田多。木马等移民村庄，确实为了雷州半岛做出了伟大的贡献和巨大的牺牲。

在这片被淹的土地上，木马村人留下太多的伤痛与期冀，以至不能割舍。上级原本安排整个木马村迁徙到半岛的中部去定居的，可是，天遥地远，故土难离，大多数人家不愿意过去，已经搬迁去的30户人家，也只住了三个月，便倒流回了原处。他们说，那头是海边，海风强劲猛烈，不比山风来的细软轻柔；而最为难受的是，大热天在水沟里洗把脸，抹把汗，皮肤上就会结了一层粉末状盐分，腌的山里人生痛。

曾经沧海难为水。耿介执着的木马村人，已经习惯了逆境。他们仿佛在"渴望永久的梦幻"，面对着残缺而贫穷的古老家园，一直不离不弃，挣扎着克服日常生活中的种种困难，"直教生死相许"。这可是一份地老天荒般的爱呵！

日月如梭，岁时如流。尽管开展了计划生育，木马村同全国一样人口仍在逐年增加，而耕地的面积却不见增多。这日子可怎么过？

于1966年出任木马大队党支部书记的罗明全告诉我，那时候当干部，主要任务就是上访，为民请命——设法搞点儿返销粮，以解决村民一日三餐的问题。他不胜感慨地说："木马人曾一度过着衣食无忧的生活，想不到这会儿竟会落到'吃了上顿忧下顿'的田地。"

常言有道，天无绝人之路。由于改革开放，春回大地，四海尽吐芳华，木马村终于时来运转了。

此其时，同全国广大农村一样，木马村推行了家庭联产承包责任制，从而进入一个更新观念、开拓进取的新时期。"大搞开发性生产，发展商品经济"，成了人们的热门话题。木马村该如何"开发"的问题，已被提到日程上来。在大会、小会以及街谈巷议中，人们纷纷议论着——

木马村的水田几乎全被"浸"了，只剩下众多的山头与阳光共舞。而一向的现实是：田里长粮食，山上长柴草。这贫瘠的山头能"开发"个啥？

这话正说到紧要处。根据木马村所面临的实际，除了打山头的主意，也确实是别无出路了。时至今日，由于人口的压力而愈来愈依赖国家的木马移民村，唯有转变观念"豁"出去才是。——石角镇政府和木马村委会取得了共识：与其感叹贫穷，不如努力致富。决计开发荒山种荔枝，筚路蓝缕地"杀"开一条脱贫致富之路来。

领导上下决心了。这"决心"要变成群众的行动，还得有个过程。

1984 年冬的一天，木马大队部早早煮好了一大锅干饭，等着各户家长前来统一用餐，然后一齐上山划地，好让家家户户耕山种荔枝。

俗话说，万事开头难。为了使耕山种果有个好的"开头"，木马大队党支部不单免费提供早饭，还制订出承包荒山的优惠条款：凡属本村山头，面积不限，要多少给多少；每亩每年只收费 5 元，而且三年后才开始收取；荔枝种苗原价每株 4 元，这里只收 5 角钱。显然，木马村最先种荔枝的人是最划算的。

可是，支部书记罗明全守着一大锅干饭，左等右等，只等到 12 户家长前来享用这"不吃白不吃"的干饭。

罗明全书记对此早有所料。那时的木马村计有 130 户，根据所掌握的情况，罗书记估计过半数的人不会赏脸，便安排厨工只做 50 人的米饭，想不到实到人数比预计的还少。事后了解到，原来有一部分人当面说的好，临时又变了卦的。

罗明全心里明白，大多数移民户不愿意"灭此朝食"，是对开山种果缺乏信心。他们认为，生长在村子周围及房前屋后的荔枝，由于土质好，水肥充足，这才有个好收成；而山上土质差，干旱瘦瘠，把荔枝种上山上去，便是瞎折腾。至于这 12 户家长，是罗书记一个个背后做了工作，既苦口婆心地规劝，又软硬兼施地责以大义，这才给你这点"面子"的。

其实，这12户家长也大都信心不足，选择山头时，总以就近为主，土质之优劣倒还放在其次；面积不敢多要，一般只要个七八亩。及至第一批种苗进村时，真正种上荔枝的仅4户人家。

这4户人家是：罗明全、罗彩林、罗兆杰和罗彩彬。罗明全是支部书记，自然要带头；罗彩林的妻子是共产党员，又是木马大队妇女主任，这样的家庭也得带个头；罗兆杰是村中很有威望的老农，他之领先种荔枝，对全村人都有所触动；罗彩彬是前木马第6生产队队长，曾经是个小头儿，又是个"党叫干啥就干啥"的老实农民，也自然而然地站在"首批"之列。

敢于吃螃蟹的4户人家，一时成了村上的英雄豪杰，成了木马村首批荔枝户。人们一面刮目相看，一面密切地注视着事态的发展。

需要加以说明的是，木马村采用的荔枝种苗属圈枝苗，长约50厘米，没芽没叶的，乍看像是一堆干柴。只是每株苗的下端都有个薄膜袋裹着一团泥巴，暗示里面已经来了根儿，这才看出这是一堆具有生命力的种苗，种植三年，便可投产。

木马村的首批荔枝是1985年春种下的，都长得不赖，其中尤以罗彩彬的为最好。罗彩彬一共种了101株荔枝苗，他是个勤快人，经常给荔枝苗儿浇粪水。这里的农户都有个粪池，人、畜粪便经过水的长期浸泡，变得稀里糊糊的，既含有大量的水分，又具有相当的肥力，极利于旱地作物之吸收与生长。罗彩彬隔三岔五地领着家人并力往山上挑粪水。天道酬勤，他家荔枝长的特别的旺盛。

1987年，木马村的首批荔枝大都来了花，其中，罗彩彬的101株树株株繁花似锦。多年的梦想与追求，终于迎来了这么一天！人们心里乐开了花。

但是，镇上的技术员说，要把这花儿扫掉，别让它们结果，因为树龄太小，会影响寿命的。罗彩彬觉得可惜，便私自留下18株树结果，共摘了200多斤鲜荔，以每斤2元的价格，卖得了400元钱。这是罗彩彬开发荒山掘的第一桶金，算是捡了个好兆头。

此后，罗彩彬的荔枝收入连年攀升：1988 年 1800 元；1989 年 4000 元；1990 年 14800 元……这几年荔枝价格稳定，每斤鲜果都卖 2 元。

1989 年，罗彩彬自己圈枝育苗，扩大荔枝的种植面积，新、老荔枝共 400 树。从 1992 年至 1999 年的 8 年间，荔枝升价，每斤鲜果卖到 3 — 7 元；罗彩彬的 400 株荔树，每年为他创造了 5 万元以上的效益，此外，每年还有 1 万元的种苗钱进账。

另三家荔枝户，情况相类，不必赘述。

其余的话无须多说，往后的事不言而喻。木马村的首批荔枝户作了极好的示范，把荒山变成金山、银山，为村子的经济发展开拓出了广阔的空间。穷怕了的木马人亲眼看到这动人的事实，又预见到那诱人的前景，一个个憋足了劲，满怀信心地向荒山进军，那包山头种荔枝的热潮竟一浪高似一浪。不几年，木马村的 2000 多亩山岭全被承包完毕，地价由原来的每亩 5 元，狂涨至每亩 300 元！

如今，家家户户有了一个蓊郁如盖的荔枝园，年入不菲，不但已经告别了昨日的贫穷，还正向着小康的目标努力奋进。

金屋地村

【导读】 这是本书中唯一的一个革命老区村庄。从字里行间可以看出,该村与众不同的生活轨迹。

　　廉江市青平镇金屋地村委会金屋地村，是鄙人的村子，是整村的曹姓人家。在《我们村里那些事》里，别的许多村子都写了，自己的村子却迟迟未动笔，就因为它是"自己的"村子。俗话说，利刀不削柄。其意是，刀子再利也削不到刀柄，因为这"柄"与"刀"是连在一起的。这"柄"就得靠别的刀子来削，何况鄙人这"刀"又不利呢。可是，总写人家的村，自己的村子不落一点儿墨，怕也说不过去……如此这般的一想，就只好勉为其难了。

　　其所以"难"，就"难"在不知从何说起。如果老是"新社会、旧社会"，"改革开放前、改革开放后"这么一套，岂不真叫"乏"了？

　　转弯抹角，鄙人想起了年前拿到的一本《曹氏族谱》。那么，就从这《族谱》说开去吧。

　　鄙人是生在旧社会，长在红旗下的一代人，却从未见过"族谱"是咋个样儿。这似乎是个禁区。那时候，人们只讲阶级性，至于其他"人性"，一概违莫如深；人与人之间只讲阶级亲，把人的复杂的社会关系，简化到只剩下一种阶级关系。看过《白毛女》的人都知道，喜儿和大春二人有着"真挚的爱情"，可是，现代芭蕾舞剧《白毛女》的解说词，硬把它说成是"深厚的阶级情"。

　　改革开放之后，指出了阶级斗争已不是主要矛盾，政策宽松了，坚壁多年的宗氏谱牒终于得以显山露水，鄙人总算能在有生之年见到了《曹氏族谱》。其实，修族谱古已有之，于今为烈，这是中华民族特有的一种慎终追远的文化底蕴，是大可不必禁忌的。

　　《曹氏族谱》开宗明"源"：曹叔振铎，周文王第六子，武王之弟。武克商，封叔振铎于曹（今山东曹县、定陶一带），其后人即以"曹"为姓。曹叔振铎乃曹氏最先之太始祖也。

从《曹氏族谱》中可以看出，曹姓族人自周朝始，世代繁衍，生生不息，广为分布，支脉派系繁多。在廉江市内，曹氏族人曾分为六格曹（曺）、九格曹（曹）和十格曹（曺）等三大系脉。所谓"格"，是指的"曹"字内所包含的"方格"。年前，鄙人从报纸上看到一篇短文，说是新近发现了一枚曹雪芹的印章——曺霑，刻的便是"十格曹"（曺）。但是，随着时光的流逝，人事交往之频繁，加上文字改革所起的积极作用，曹姓宗族原有三大系脉的界限早被冲破而不复存在了。

从《曹氏族谱》中还可以看出，吾辈始祖名曰曹文靖，本江南徽州（今安徽省）歙县人，明季进士，官至苍梧（今广西梧州市）兵备道。因不满阉佞用事，辞官归隐，卜居石城县（今廉江市）西鄙松明村——因当年东坡始由琼州昌化军徙廉州，经此留宿，燃松以照读，赋诗有"夜烧松火明"之句而得名，枕于海滨（北部湾），遵海以处。

依照《曹氏族谱》系脉顺藤摸瓜，便可"摸"到金屋地村乃松明村那边拓展而来，是文靖祖第九代孙中一位排行"老八"者到此置业开基的。如今，金屋地村"香火堂"供奉的正是曹八祖的灵位。屈指算来，鄙人已是文靖祖第十七代不肖孙。在别的曹姓村庄，文靖祖已有了第二十一代孙，而在金屋地村，第十九代孙至今未见面世。

那么，当年曹八祖是怎样想到乔迁于此，并将村名叫作"金屋地"的呢？

这，且待鄙人细说从头。

金屋地村后有三座山，构成了"个"的形状。村子就位于正中一座葫芦形山冈的下端，房子依山势坐东向西，四周被一道竹、木相杂的绿色林带严密地包裹着，正如古诗上说的"绿树村边合，青山廓外斜"。葫芦形山冈的上端即村子背后是晒场——禾堂，村上收获的喜悦，都在此展现。每天早晨，太阳从村后高高的树梢上升起；傍晚，又从村子前面的远山上落下去。

三座山之间有两个谷，村人在谷里拦腰筑坝，修成了两张山塘。山塘下各有一片狭长的梯田。山塘积的是雨水，目的在于灌溉下面的梯田；集雨区内的两扇分水岭面，都是浅草缓坡，好些松树疏密有致地挺立其间，松树根部还蕤长着一圈半人高的稠密的灌木丛。由于植被完好，下雨天无甚污物随雨水渗入池内。池水清凉洁净，是个游泳爽身的好去处。

村子前面还有一口池塘，村人叫"面前塘"。每下大雨，全村被清洗一番，污水流积于此，水浊鱼肥，鹅鸭成群。入冬干塘，捉鱼摸虾，清淤肥田。村后的山塘与村前的面前塘，各有所用。

天地山川，皆有名号，好像人都有名字一样。这名号还带着浓厚的地方色彩。例如，刚才说的"山塘"，是指的位于山间的池塘。还有，夹在两山之间的梯田，叫"垌"，读音为"冲"；连成一片的开阔田野，叫"垌"，读音为"洞"。金屋地村南、村北的梯田，叫南垌、北垌；那两张山塘，则叫南垌塘、北垌塘。村子前面，说具体点，是面前塘之"面前"，还有一个垌，村人叫"面前垌"。这是金屋地村的主要耕作区，田地广袤而肥沃。面前垌与南垌、北垌相衔接，构成一只马口袋形状，把金屋地村整个儿地给"袋"了起来。

北部湾次大陆的地势，北高南低。一条河流由北而南流来，快接近金屋地村时，突然往西拐了个大弯，从面前垌"袋底"擦边而过，再往南一转，然后朝着北部湾方向奔腾而去。此河村人也叫"面前河"。村人在河的上游筑了一座陂，开掘一条细长的陂沟，把陂水引来灌溉面前垌。面前河是天然河流，水资源丰富；有了这座陂，面前垌旱涝保收。真好一片清水良田！

当然，这不是什么鬼斧神工，而是曹八祖在此定居之后，经过多年努力，一代又一代地接力改天换地，才成就了这垌、这垌、这陂、这塘的。即马克思说的"第二自然"。

然而，在此之前，这一切全是一片荒凉，野林处处，荆蓁簇簇，蒿莱丛丛，豺狼蛇蝎出没，一派混沌囫囵之状，即所谓"第一自然"。曹八祖曾多次前来考察，都下不了"乔迁"之决心。

中国人择地而居，总要与"风水"连在一起的。中国的风水学，即《淮南子·天文训》说的堪舆学："堪，天道也；舆，地道也。"是关于村场、住宅基地和坟地的地理局势方面的内容的。主要目的是指点人们选择一处有利于生存和发展的自然环境来设村建宅。这实质是在倡导一种"环境文化"。上个世纪末，香港房地产业打入美国市场，竟把"风水"这玩意儿也给带了过去，广而告之曰："此地风水无懈可击"，让发达的西方人实地领略一下中国古老的"风水学"韵味。曹八祖是个农民，又是那个时代的人，当然更为笃信"风水"。他最后请了一位出众的风水先生前来鉴别。风水先生说，这三座山（个）构成一个"金"字，只要把两边的峡谷都筑成池塘，这"金"字里的两只眼睛便会闪闪发亮，把此间的钟灵毓秀全给显露出来。这可是一块"金"字招牌的"屋地"，卜居于此，势必地灵而人杰，兴旺发达，云云。满脑子安土重迁意识的曹八祖，这才下决心乔迁于此，并将村名定为"金屋地"。

而日后的事实表明，风水先生的说法，还真像那么回事呢。

时序进入 1939 年，金屋地村出了个名叫曹家祥的，为族中第十六代孙，他正在合浦中学念高二，因国民党抗战不力，东北、华北等大片国土相继沦陷，中华民族灾难深重，便毅然参加了中国共产党组织。旋受组织委派，回到家乡金屋地村宣传抗日救亡的主张，开辟敌后革命根据地，于当年秋建立廉江市第一个农村党支部——中共金屋地支部，其堂兄曹文如任支部书记。

从 1939 年—1949 年的 10 年间，建立了党组织的金屋地村发生了许多令人难忘的事。

为了便于开展革命活动，曹家祥与堂兄曹文如一起，在村中废除旧私塾，创办了一间国民学校。曹家祥任校长，曹文如任校董，主持学校的日常工作。

在当时、当地，出了一名高中生，可是一件了不起的事。因此，国民学校凭借曹家祥的声望，十里八乡的子弟都慕名前来入学就读。到该校任教的"先生"们，都是曹家祥的同学、同志，都是地下党员或者地下工作者。

金屋地国民学校还加设分散式夜校，"先生"们每天晚上分头到各村的"夜读班"去上课,让众多的成年人有机会"读书明理"。

金屋地国民学校在教学上亦颇具特色,除了上好文化课,还教唱抗日歌曲。"大刀向鬼子们的头上砍去""冒着敌人的炮火前进,前进……"同时,还利用体育课及课外活动时间,进行成套的军事训练。山顶上的禾堂,成了很好的操练场地;村周边的树林子,成了玩"打游击"游戏的好场所。那朗朗的读书声,雄壮、嘹亮的歌唱声,震天动地的"冲、杀"声,此起彼落。被平静与寂寞压抑了多年的金屋地村,破天荒地"热闹"了起来。

接着,中共廉江县委在金屋地村先后举办了三期党员训练班,为革命培养了大批骨干力量。紧接着又组建了一支武装队伍,以金屋地革命根据地为依托,开展"抗日保家乡"活动。

但是,盘踞在湛江的敌南路挺进队,不见容于这支队伍之存在,他们不去抗日,反而前来围剿金屋地。在中共廉江县委的领导下,金屋地村乘机举行武装起义,于1945年1月9日在村中打了一个漂亮的胜仗,粉碎了敌人的围剿。

战后,我主力部队进行战略转移,开赴广西十万大山求发展,史称"西征"。根据地的父老乡亲挥泪送别了自己的子弟兵。

敌南路挺进队乘虚而入,先后两次进村大举劫掠,放火烧荒,村中的房子几乎被烧光。为恶更甚的是地方反动势力,他们凭借就近之便,频频进村打家劫舍,犁庭扫穴,把个金屋地村折腾的白日无炊烟,黑夜闻鬼哭。

白色恐怖笼罩大地。

这白色恐怖,使革命斗争进入了极其艰难困苦的阶段,村中的曹家祥等4人为革命献出了宝贵的生命。

这白色恐怖,使金屋地村只有牺牲的、病故的和拖儿带女改嫁的,就是没有新生的和新过门的。人口大为下降,武装举事前,全村48户、186人,至1949年岁末解放前夕,仅剩142人。

1949年末,历尽劫难的金屋地村终于获得了新生,迎来了第二个"热闹"期。

你看,新中国,新政府,新时代,新风尚……金屋地村带着昨日的伤和痛,欢天喜地地拥抱这全新的世界。热闹之余,还带有几分悲壮！

你看，新政府接管了国民学校，改名为金屋地小学，当日的党支部书记曹文如，如今已是青平区区长了。刚刚诞生的各级政府，任务重，事情多，急需一班人马处理各种公务。金屋地村就有11人在政府的相关部门里工作。用今天的话说，是公务员。此外，还出了2名小学教师，也属于国家干部范畴。一个仅百十人口的金屋地村，一下子涌现出13个国家干部，这在当地广大农村是绝无仅有的——也真应了当年风水先生说的话了。

当时，新生的人民政府实行供给制，国家干部都穿的政府统一配给的制服。每逢春节，金屋地村10多个国家干部和人民教师全回来了，他们穿着崭新的制服，在村上晃来晃去，这便形成了一道亮丽的风景线。一群村童老跟着他们屁股后面嬉闹着——又是唱，又是跳，又是笑……真够热闹的！往日虽也热闹，毕竟属"地下"性质，如今可热闹到"地上"来了。

在新的历史时期，作为革命老区的金屋地村，还是要起点儿"带头作用"的。1953年土改复查工作结束，县里就把金屋地作为点，开展互助合作化运动。

先是成立互助组。以自愿为原则，自由组合，民主选举互助组组长。

村中有10多户人家，劳动力强，耕牛农具充足，他们抢先成立了金屋地第一农业生产互助组。接着，家庭劳动力次强，耕牛农具次足的10多户人家，也组成了第二互助组。

这会儿，村里就只剩下劳动力不强的10多户人家。这都是男人在外当干部当教师、女人在家带孩子种田的人家。他们人口多，土地多，就是劳动力不多。小孩子未长成，要找个男人"驶牛"都难。

面对村上的现实，这10多个被撂下的"活寡妇"，你望望我，我看看你，大家面面相觑，又好笑，又好气，一脸的痛苦与无奈！

显然，那劳动力强、耕牛农具充足的，是中农成分家庭。中农在各种政治运动中并不怎么积极的。这次互助合作化运动，他们竟"积极"的出奇——抢先带了个头，说白了，就是怕跟这些"活寡妇"混在一起，自己会吃亏。

这娘儿们个个嘴尖牙利，说出的话儿也真够"辣"的。

"咱们是没人要的了！"

"咱们是人家拣剩的'货脚'。"

"这下可完了……"

"没人要"，就自己"要"！这10多个"活寡妇"凑到一块儿来了。她们都是半斤八两：一个烧炭的，一个挑炭的，你不嫌我脸黑，我不嫌你身乌。有道是"同病相怜"，她们便自然而然地组成了金屋地第三互助组。幸好组里还有三户是男人当家的，便选了其中一个当了组长。

别小看这泼辣婆娘，她们都不是省油的灯。俗话说，什么秤搭什么砣，什么公配什么婆。村中在外头做事的男人，身后都有个好老婆。她们留守家里，上有老，下有幼，既要搞好外面的生产，又要安排好里面的生活。牛事马事一大堆，杂七杂八的，没准儿给你闹个碗碟翻天。可是，她们各自都能独当一面，里里外外一把手，把一个家料理得体体面面的，让自己的男人安心在外做事，显示出了非凡的生存能耐。

但是，如果单家独户，她们是难以完成各自的耕作任务的，今儿个"组织起来"了，情况则完成两样。这阴多阳少的第三互助组，虽不能同人家争先进，比高低，却也能够不违农时地完成了春播夏插、秋收冬藏等农务，其收成并不比任何别的互助组差，这本身就是个奇迹。因此，人们对金屋地第三互助组不得不刮目相看了。

1954年冬，村中三个互助组处理好"秋收冬藏"事宜，便着手组建初级农业生产合作社。

通过互助组一年的实践，金屋地村人切身感受到互助合作的优越性。大会上，无须怎么动员，家家户户踊跃报了名，表示"自愿"要求入社。很快，土地入了股，耕牛作价归了社，金屋地初级农业合作社宣告成立。社主任由原第三互助组组长充任。上级领导和村上群众一致认为，他能带好第三互助组，就一定能够领导好合作社的。

老区毕竟是老区，工作起来让人得心应手，从互助组到初级社，全村没一户闹"单干"的。

老天似乎有意考验一下新生农业社的能耐，1955年开春以来，一直没下雨。"其雨其雨，杲杲出日。"南埇塘、北埇塘早已干涸，水量丰富的面前河，水位大为下降，陂沟里已没有水流出。南埇、北埇以及整个面前垌正遭受着严重的旱灾。据老人说，这是几十年未遇的特大旱情。

春耕在即，农时逼人。面对着如此大面积的春耕任务，刚刚成立的金屋地农业合作社该如何是好？面前河仍然储着相当丰富的水量，但是，你如何让它上田？戽吗？自古道，海水不可斗量。这戽斗的"量"实在太小了，不顶事的。必须用上龙骨车，即历史课本里马均发明的那种翻车，而且要三架龙骨车同时滚动，这才顶用。一架龙骨车30多元，三架便是100元。农业社白手起家，哪来的这100元？

多亏社主任想到了挑运食盐赚运费的点子。当时，市面上的食盐已收归国有专卖，整个青平区的食盐供应，全是松明海那边煮出来的，人称"熟盐"。没有公路通汽车，20多公里的路程，就靠人力挑运或者独轮车推运，运费每斤1分钱。金屋地村是革命老区，又是县的试点社，青平盐店就批准他们挑食盐赚运费。

挑食盐与挑其他东西不同。挑其他东西，譬如挑土或挑木柴什么的，一百斤就是一百斤；可是，挑一百斤食盐，你会觉得越来越沉，越走越压肩，一百斤好像变成了几百斤。因此，挑食盐不能"尽力"挑，要留有余地。金屋地农业社的社员们不谙此道，听了社主任一番动员，积极性可高了，男男女女齐出动，憋着一股劲，个个尽力挑，有的甚至"超力"挑。半路上可糟了，累得要命！走不多远就得停下歇肩。小伙子们骂道："丢那妈！这熟盐会食水的。"

金屋地农业社先后三次大出动，共挑食盐一万斤，赚得运费100元。买回三架龙骨车，战胜了旱灾，取得了头一个战役的胜利，获得了1955年早稻大丰收。

在成绩面前，金屋地初级社没有止步不前，而是乘胜向前迈进，于1956年直接转变为高级农业合作社，简称高级社，毫不犹豫地取消了初级社的"土地分红"。

原来，金屋地初级社实施"四六分红"，即土地分红占了40%的份额。有的土地多的农户，光这40%的土地分红便吃穿有余。因此，毛主席说这初级社是"半社会主义"性质的。

金屋地高级社取消了土地分红之后，便由"半社会主义"性质过渡到"全社会主义"性质了，光荣地完成了农业的社会主义改造的历史任务。

而金屋地高级社的分配原则是，按劳取酬，多劳多得。不过，具体执行起来，则要有点儿"灵活性"。因为高级社里的总人口中，有一部分未成年人，他们还不是劳动力；还有一部分老年人，他们已经丧失了劳动力。如果百分之百地按劳取酬，这两部分人就会挨饿。因此，金屋地高级社的分配方案是：70%按人口分配，见人见份，叫"口分粮"；30%按劳动工分分配，多劳（工分）多得。如果一家人的工分总值抵不上所分配的口粮的，叫"超支"。金屋地村的超支户都是男人在外头当干部的家庭。这时候的国家干部已经实行了工薪制，他们可以拿钱回来交超支款，领回自家人的口粮。

此其时，你走进金屋地村，就会感觉到时代的脉搏在跳动；同时你还会看到该村的奋斗轨迹：一个小小的金屋地村，凭借一块风水宝地，于黑暗的年代高唱追梦的歌——为新中国的诞生而浴血奋斗，如今又完成了农业的社会主义改造，从而踏上了新的追梦的里程……